大畫情聖
十一
驚天弊案
第一輯（完）
上山打老虎 著

【目錄】

第一七六章
文成武德

沈傲忍不住笑了笑，大言不慚地道：

「這四個字嘛，微臣還真當得起，那我就卻之不恭了，下次微臣也寫一幅字送給陛下。」

趙佶來了興致：「噢，愛卿打算寫什麼字？」

沈傲想了想，道：「文成武德。」

沈傲的要求，單憑平田信是不能滿足的，可是不滿足又不成，因而立即寫了一封書信，叫了一個隨行的武士日夜兼程趕回扶桑，向源賴家報告此事。

源賴家在倭國已是如日中天，雄視關東，討伐了幾處叛逆之後，更讓天皇對其倚重不已，如今源賴家嫡子深陷牢獄，當然是一件重要的大事，好在眼下還有挽回的餘地，到了這個地步，怨天尤人也沒有用，再如何埋怨，還能游過去找那沈傲算賬？誰算誰的帳還沒準呢！

既然是要倭刀和刀匠，倒也好說話，便是源賴家不肯，那天皇也非點頭不可，這是一種態度，要表現出對源賴家的倚重，雖說這製刀的手藝對倭人來說事關重大，可是牽涉到了源賴家就牽涉到了政治，和政治相比較，製刀的手藝就顯得無足輕重了。

源賴家還沒有表態，天皇已經急不可耐地立即派人帶著刀具和二十名刀匠乘坐海船去與大宋交涉，希望早日將源賴清贖回；有倭國的重視，這一來一回，當然不是尋常的海商所能相比，只兩個多月的功夫，人就來了。

平田信見了人和刀，一下子鬆口氣，他是一下子都不敢耽誤，立即來鴻臚寺交涉，只是沈大人卻是不在，平田信急了，他是曾去過京兆府大獄探過監的，源賴公子早就被打得不成人形，再耽擱，連命都不一定能保住，於是他借了個名頭，又出了京兆府，前去武備學堂尋人，這位沈大人籌辦武備學堂的事，他早有留意，心裏估摸著應當在那裏，只是這一去又撲了個空，說是沈大人前腳剛走，回鴻臚寺了。

來回著折騰，總算見到了正主，平田信激動的眼眸中閃爍出幾絲淚花：「沈大人……」

沈傲扶住他道：「這是怎麼的，雖說你我久別重逢，平田兄也不必哭啊。」

平田信尷尬地道：「大人，人和刀已經帶來了。」

沈傲興致盎然，道：「在哪裡？叫進來。」

平田信立即出去喚了人，果真見二十名倭人各自捧著刀匣進來，沈傲打量他們一眼，笑呵呵地道：「他們是刀匠？」

「下使哪裡敢欺矇大人。」

沈傲不理會他，打量著這二十個倭人，喃喃道：

「交情歸交情，買賣歸買賣，得先證明了他們的身分再說，來，帶這些倭人尋個鐵匠鋪去試試手，也不必要他們立即製出刀來，只需看看他們的手法是否嫻熟就是了。確認了身分，立即回報，還有，這些人臭烘烘的，好歹也是國際友人，咱們不能這樣待客，回來的時候一人買兩套衣衫，要絲綢的，再張羅一桌酒菜，請他們吃喝，吃飽喝足了，本大人再和他們慢慢交流。」

等沈傲交代完了刀匠的事，已經有人領著這些言語不通的倭人走了。

沈傲坐在椅上，喝了口茶，又站起來去檢查那桌上堆放的五十盒刀匣，打開一個匣子，握出刀來，按著刀柄將刀自鞘中拔出，頓時，刀身嗡嗡作響，猶若龍吟。

沈傲神采飛揚地叫了個好字，對平田信道：「你們倭人別的本事沒有，這製刀的技術倒是一把好手，不錯，不錯。」

嘖嘖稱讚了幾句，平田信心情卻是一點都不見轉好，小心翼翼地道：「大人，源賴公子是不是可以放了？」

沈傲擺擺手道：「放心，我沈傲一向以誠信爲本，還騙你一個倭國國使不成？等著吧，已經叫人帶來了，來，平田兄，咱們先坐著喝茶。」

平田信膽戰心驚地欠身坐下，這兩個月來，他是沒睡過一夜的好覺，眼看事情有了著落，總算放下了一半的心，勉強笑道：「有大人這句話，下使就放心了，這些時日，賴源公子拜託沈大人照顧，下使感激不盡。」

沈傲揮揮手道：「謝我就不必了，照顧他的人多了，從京兆府到我們鴻臚寺那位楊大人，爲了那個什麼什麼清，有的京兆府差役是日夜不休，加班加點，生怕慢待了他，所以你要謝，還是該謝謝他們，錢，我是不看重的，不過說句憑良心的話，他們這些默默無聞的無名英雄愛不愛錢我就不知道了，他們都是有家室的人，生活又不富裕，哎……算了，不說這個，不說這個……」

平田信聽了，心知這個時候是一點差錯也出不起，否則之前的努力全部化作泡影，立即道：「沈大人這句話倒是提醒了下使，我一定會好好酬謝他們。」

他想了想，掏出早已預備好的一遝錢引出來，拿出最後的身家放在几案上，道：「這些錢，拜託沈大人轉交給那些朋友，將來還有酬謝。」

沈傲淡淡地點點頭，道：「好吧，那我就代他們謝過了。」

有一搭沒一搭地閒聊著，那邊楊林總算把人帶了來，那位源賴清還真看出有幾分世家少主的樣子，雖是換了一件新衣，可是全身瘀腫，身上還散發出一股特有的惡臭，手背上生出膿瘡，兩眼無神，灰白地看了沈傲一眼，立即反射動作地跪下磕頭：「罪人見過大人，見過大人。」

他的漢話雖然生硬，可是這一句卻帶著一股圓潤的汴京味兒，想來在牢裏頭沒有少練習。

沈傲虛抬著手：「罷了，起來吧，你看看你，到了汴京卻也惹是生非，萬里重重的是來學本事，結果卻落到這個地步，早幹什麼去了？罷罷罷，我也不說你，你隨這位平田國使回去吧。對了，三日之內得出汴京去，否則又是一條罪狀，明白了嗎？」

源賴清莫說是三日，這汴京便是一個時辰也不願意待了，機械似地仍然磕頭：「明白，明白，罪人知錯，罪人知錯。」

這一件事算是解決了，倭人們高高興興地回他的扶桑，沈傲得了匠人和倭刀，這些刀匠手藝還真不錯，讓他們試製出一柄刀來，和送來的倭刀利刃並無二致。

沈傲便和他們溝通起來，在鴻臚寺裏尋個通倭語的翻譯還是容易的，沈傲高踞在座椅上，看著下頭二十個眼眸躲閃的匠人，先是勉勵他們一番，說他們不遠萬里遠渡重洋很辛苦之類。

倭匠們只是垂著頭，大氣都不敢出，扶桑是個等級森嚴的社會，匠人的地位雖然不算太低，可是在他們看來，這位大宋國的大人已是天照大神一般的存在，自然只有聽從訓斥的份。

沈傲接著道：「你們呢，往後就留在我大宋了，爲我大宋製刀，放心，衣食住行都由我包了，每個月還有錢花，銀子大大地。」沈傲捏著拇指和食指，態度和藹。

刀匠們聽了沈傲的話，也都歡欣鼓舞，這汴京的繁華超出他們的想像，讓他們再回那鳥不生蛋的島嶼，他們還不肯呢！一個個鞠躬垂頭，嗨個不停。

「好啦，你們先住下，過些時日我給你們安排工房，你們只管做事就是，此外，爲了表示本大人對你們的尊敬，我還打算送六十個學徒供你們差遣，燒火什麼的雜務就交給他們去做，不要客氣。」

刀匠們更加激動，想不到來到汴京，如此受宋人的青睞，紛紛要求通譯傳話，說他們滿懷信心，願爲沈大人效力，從此以後就是沈大人的家臣，一定爲大人製出好刀來。

最後當然是製刀的討論，倭人的刀基本上是根據唐刀的制式模仿出來的，沈傲又融合了後世的一些經驗，將這個時代的倭刀與唐刀糅合在一起，進行了一些改良設計，接著爲這些刀命了名，叫儒刀。

反正天下的刀劍一大抄，沈傲一點壓力都沒有，倭人抄唐人的，自己抄他倭人的壓力也不大，在這個基礎上，進行一點創新，真要打起官司，這智慧財產權也該是沈傲的。

交代下去，沈傲就不管了；送走了倭人，便叫來楊林，低聲囑咐：「那些學徒都招募好了嗎？」

楊林道：「大人，都辦妥了，個個年輕力壯，腦子也靈活，學東西快得很。」

沈傲扶住楊林的肩道：「交代下去，叫他們好好地跟著學，學好了，將來本大人每個月二十貫錢養著他們。」

楊林笑吟吟地道：「放心吧，大人吩咐的事，下官保準不會出差錯。」

除了儒刀，兵部那邊的火器，沈傲也預定了不少，大宋的科技在這個時代已算是頂尖，如突火槍、梨花槍還有火炮等槍炮的原型已經開始運用，甚至已經少量裝備，沈傲要這些火器，當然是爲教學用的，兵部那邊卻是嚇了一跳，沈楞子好好的開學堂也就罷了，連這種大殺器居然也要？那邊有點兒不太情願，說是儲存不易，一個不當，可能釀成大禍，就是一個意思，你要用可以，可是不能帶去儲存。

沈傲磨了一陣，總算帶回來了一些。

眼看九月十五就要到了，教頭們一個個來點了卯，先來和這位上官打交道，沈傲選的這些人，可不是拿著花名冊胡亂圈的，要求很苛刻，首先，要他們有對西夏、契丹人作戰的經驗，沒有經過七八場戰鬥，連看都不屑去看。

其次，要他們不得志。不得志的人說穿了，就是好用，若是人家混得風生水起，你把人家點了去，人家心裏頭肯定不舒服，不在你這兒搗亂就不錯了，哪裡肯爲你效命，安安分分地在這教學？不得志的人就不一樣了，因爲混得灰頭土臉，同僚排擠，上司不屑一顧，一時看不到自己的前程，漸漸也就會灰心冷意；這個時候，沈傲給他們一個機會，他們哪裡肯放過？死心塌地是一定的。

最後一點是要有點理論基礎，也就是說要有點文化，腦子一熱就衝鋒陷陣的角色，這樣的人還來教學？滾一邊兒去。所以精挑細選，也只選了三十來人，大多數籍籍無名，倒是有一個人卻是大大的有名，叫韓世忠，在征西夏和方臘的戰鬥中立下不少功勞，只可惜出身不好，官升得卻不快，頗有些鬱鬱不得志，如今請他來，便有點兒來壓軸的意思。

沈傲與他們見了面，這些個武官見了沈傲，一個個恭謹無比，這倒不是沈傲有什麼王八之氣，在這個時代，沈傲是文官，他們是武官，武官在文官面前矮了一截是再正常不過的事，再加上沈傲的風頭正健，誰敢在他面前耀武揚威？

沈傲只淡淡地和他們說了幾句話，督促他們好好做事，便一揮手叫他們待命去了。這個時候還是要擺出一點威嚴出來的，沈傲心裏清楚，他面對的這些丘八都是屍山血海裏爬出來的老油條，你但凡示了一點弱，到時候還壓不壓得住都成了問題。

十五的一大清早，學堂裝點一新，旌旗招展，沈傲率先在宣武堂召集各學正、博士、教頭、胥長等人，面容嚴肅的打量他們一眼，慢吞吞地喝了口茶，正襟危坐。

按學堂的編制，總共是武官教頭三十人，儒學博士二十人，此外還有學丞、學錄、學正、主簿若干，另有胥長五人、胥吏五十。

真要算起來，武備學堂的編制絕不比國子監要少，看著這下頭烏壓壓的人，沈傲清清喉嚨，開始訓話：

「從今日起，武備學堂的架子算是搭起來了，今日開學，從此咱們同舟共濟，共育良才，祭酒大人臉上有光，我這個司業也有面子，你們的功勞是少不了的。」

下頭轟然道：「敢不用命。」

沈傲擺擺手：「話不要說得太滿，本官制定的教程，你們都看了吧，誰有異議？」

眾人默然，這位司業老爺非比尋常，大家又是第一次相見，誰敢提異議？因此紛紛道：「不敢、不敢……」倒是人群中有個聲音道：

「大人，這教程下官頗有不解。」

眾人朝聲源望過去，心裏說：「哪個人這般大膽，敢頂撞沈楞子？」

楞子撞到楞子，也算是讓他們開了眼界，認真看去，原來這人是從邊鎮過來的韓世忠。

這韓世忠只有三十出頭，生得並不魁梧，個子矮小，今日穿著武官袍子，有一種渾身上下散發出來的矯健精悍，他朝沈傲抱了抱手，道：

「大人，申明紀律倒還好說，可是連續一月站隊、走步訓練似有不妥，站隊、走步都是花架子，真真打起仗來，還要靠刺槍、拉弓，是不是適當增添一些槍棒訓練？」

在韓世忠看來，士卒要在戰場上生存，最緊要的還是技藝，能舞槍弄棒才是真的，他性子耿直，否則也不會屢立大功之後又處處碰壁，沈傲的章程他是看過的，新奇，卻覺得不實用，覺得這位沈大人多半是搞些花架子去討皇帝開心，心裏頭有點不以爲然。

沈傲板著臉，看不出是喜是怒，所有人小心翼翼地看著他，第一天，就有武官挑戰這位司業大人的權威，這還了得，韓世忠也是，一個邊鎮來的楞子也敢和沈楞子頂撞，人家是地頭蛇兼過江龍，捏捏手指頭就夠你喝一壺的。

韓世忠意猶未盡，繼續道：「除此之外，學生們白日訓練本就辛苦，吃了晚飯卻還要入學堂讀書，下官很不明白，既是從戎，讀書有個什麼用？又不是讓他們去考武舉，倒不如讓他們多歇歇，養養精神。」

這一句話得罪的就不止是沈司業了，那二十個博士一個個板起了臉，冷笑連連地捏著鬍子，沈楞子他們不敢得罪，這韓楞子又算個什麼東西？弟兄們好不容易吃了武備學堂這碗飯，你一句話就讓咱們去喝西北風，裁掉了晚上的授課，他們這些博士還要不要混？

於是一束束殺機騰騰的目光射過去，恨不得將韓世忠生吞活剝，這傢伙太不上道了，簡直是豈有此理！

沈傲淡淡地道：「問完了嗎？」

韓世忠行了個禮，道：「下官只想到這些，完了。」

沈傲撫著案，冷聲道：「韓世忠。」

「下官在。」

「你既是武官，需知道軍令如山吧，本官定下的章程，也是你能喝三道四的？」

韓世忠凜然，道：「方才大人問誰有異議，下官只是應命行事罷了。」

沈傲道：「現在本官叫你閉嘴，按著我說的去做即是，明白了嗎？」

韓世忠抱拳，對沈傲更是不以爲然，卻不得不道：「下官明白。」

一場小小衝突，雖說韓世忠是楞子的緣故，可是另一方面，卻也反映出不少武官的心聲，有的人雖然沒說，可是對沈傲的教學方法卻大多不服。

這也是常有之事，任何一個新的東西出來，都免不得有爭議，更何況沈傲所提倡的教學方法，連他自己都沒有把握，只是他心裏也清楚，憑藉這個時代的教學方法，用處終究不大，也不必他費什麼心機去辦什麼學堂，那禁軍中的槍棒教頭沒有一千也有八百，與其去練出一群禁軍來，倒不如去試一試自己的方法。

韓世忠提出異議，對沈傲的威信是個打擊，所以沈傲冷言冷語，先教訓他一通，完全不給他任何顏面。

到了這個份上，也沒什麼可說的了，沈傲又交代幾句，隨即分派了任務，此次入學的學生共是八百四十二名，沈傲先是將教頭分爲了五隊，每隊設教官一名，第一隊的教官是韓世忠。

這個任命頒佈出來，倒是讓所有人有些意外，沈傲卻仍是板著臉，一副慢吞吞的意思，報出其他四隊教官的名字，這才道：「學生也該來了，各胥長也下去吧，給他們安排好食宿、牌號、衣被，今日先讓他們歇一歇，從明日起，這些學生就託付給諸位教頭和博士了，諸位，有勞了。」

眾人轟然應諾：「大人客氣。」

開學的第一日，就這樣平淡無奇地過去，按照沈傲的設想，本來應該辦一個轟轟烈烈的開學典禮，再邀請幾個邃雅周刊的編撰來描繪一下開學的盛況的。不過趙佶卻不肯來，其實宮裏的心思，沈傲也明白，趙佶已經陷入太深，若是再摻和進來，到時候萬一武備學堂出了岔子，這宮裏的面子往哪裡擱？

所以趙佶的心思明確得很，眼下還是冷眼旁觀，等那武備學堂弄出了成績，看到了成效再說；否則冒冒然地去打氣助威，一個不好，非栽在沈傲手裏不可。

吩咐好了武備學堂的事情，沈傲立即入宮，向趙佶通報此事，趙佶聽了，微微一笑：「能不能出成效，朕就看你的本事了，放手去做吧，有什麼岔子，朕替你擔著。不過事先說好，宮裏沒了臉面，你也別想落到好，朕絕不饒你。」

說著問起開學的事，沈傲敘述了一遍，趙佶笑道：「你好好的文臣不做，偏偏要和武夫混在一起，天知道你的腦子裏想著些什麼。」

沈傲道：「微臣也想整日吟詩作對啊，可是朝廷不加強武備，等事到臨頭，再抱佛腳有什麼用？說來說去，微臣也是為陛下分憂，為我大宋著想。」

趙佶哂然一笑：「朕就知道你會這麼說，罷罷罷，朕方才提了一手字，你帶回去裝裱在武備學堂吧，有它在，那些武官也不敢對你陽奉陰違。」

說著，趙佶朝楊戩使了個眼色，楊戩頷首點了個頭，便從一旁的小櫃中拿出一幅字來，沈傲接過一看，上頭寫著：「允文允武」四字。

沈傲忍不住笑了笑，大言不慚地道：「這四個字嘛，微臣還真當得起，那我就卻之不恭了，下次微臣也寫一幅字送給陛下。」

趙佶來了興致：「噢，愛卿打算寫什麼字？」

沈傲想了想，道：「文成武德。」

趙佶抿嘴忍不住笑道：「你是允文允武，朕是文成武德，這倒也般配，不過嘛，這樣是不是有點兒相互吹捧的意思？被人知道了，要笑話的。」

沈傲喜滋滋地道：「這明明是心心相印，情不自禁，哪裡是什麼相互吹捧，陛下，理他們做什麼？」

趙佶大笑道：「好，就心心相印，過幾日你就把字呈上來。」

沈傲應下，從宮裏出來，回到家裏頭歇了一天，周若聽到弟弟入了學，便來問周恆入學的事，沈傲哪裡顧得上一個周恆，進了武備學堂，所有人都是一樣的，若是特別照顧那還了得，便道：「你放寬心，他有他的造化，讓他吃吃苦頭才好。」

周若想想也是，便不多問了，接著邀了蓁蓁、茉兒要去郡公府坐一坐，說是郡公夫人已經派人請了許多趟，再不去，臉面上過不去，問沈傲去不去。

沈傲立即搖頭，哪裡肯蹚這趟渾水，道：「我是從學堂和鴻臚寺裏溜出來的，被人看到了不好，要注意形象，別人都以爲沈大人忙得腳不沾地，是我大宋第一窮忙族，這個時候看到我四處探親訪友，會有人說閒話的；你們去吧。」

蓁蓁便道：「要不郡公那邊我們明日再去，今日在家陪著你，往後你就沒這樣的閒情了。」

沈傲只叫她們快去，早些回來就是，待會兒他要去陳濟那坐一坐，三女這才坐著車去了。

沈傲百無聊賴，去尋了陳濟，陳濟近來得瑟於他的行書有了長進，日夜不眠地練字，見了沈傲，將手中的筆一拋，對沈傲道：「來了？」

沈傲笑著道：「閒來無事，到這裏來坐一坐。」

「你那武備學堂怎麼樣？」陳濟一邊發問，一邊到櫃上的銅盆處淨手，顯然對這事，他也頗爲關心。

沈傲道：「差不多步入正軌了，怕就怕監督不嚴，我事多，朝廷指派的那個學正一看就是個老實人，管不住。」

洗了手，陳濟坐下，捏著鬍鬚道：「你怕的是那些勳貴子弟不聽話？」

沈傲頷首點頭：「這些人都是無法無天的，能不能彈壓得住還是兩說。」

陳濟想了想，道：「不如這樣，你不在的時候，我去幫你看著。」

沈傲喜出望外，想不到這位老師竟也決心出山了，有他出馬，所有的問題都可迎刃而解，陳濟是什麼人？他的心思雖然靈活，可是爲人最是刻板，什麼勳貴，在他手裏還不得乖乖地聽話。

沈傲忙道：「那我再入宮一次，叫陛下撤了那學正，請老師來頂替，老師放心，過去這麼多年，陛下……」

陳濟擺手：「官，我是不做的，不是說你有任免胥吏的職權嗎？我去做個胥吏就可以，這世上，官威固然可以壓人，可有些時候卻不盡然。」

第一七七章
罪魁禍首

武生們斜著眼看過去，實在對這個冒失的傢伙無言以對。

所有人這才知道，原來這人就是罪魁禍首沈傲沈大人，

一時之間，有驚異於沈傲年輕的，有咬牙切齒恨不得找個機會打他黑棍的，

一個個神色複雜，卻都不敢亂動彈。

寅時三刻，天還沒亮，位於城南靠近鴻臚寺附近的武備學堂傳出細鼓聲，先只是輕輕敲打，到了後來卻演變成了轟鳴，震耳欲聾。

一道閃電劃過蒼穹，天空下起淅瀝瀝的雨絲，秋雨比不得春雨的溫柔，卻也沒有夏日驟雨的粗暴，只是淅淅瀝瀝地下個讓人心煩。這場雨的降臨，倒是讓新入學的武學生們歡喜了一場，如此一來，訓練便不能繼續，正好讓他們睡個好覺。

所有人還在夢鄉徘徊，轟響的鼓聲卻是咚咚作響，營房裏傳出一陣叫罵，大清早被這鼓聲吵醒，換作是誰，心情都好不到哪兒去。

正是這個時候，有人戴著濕答答的范陽帽，披著蓑衣進來，冰冷的手探進武生們的被窩，有人驚醒，第一眼看到的是一張冷冽的臉，這人朝他冷笑：「起床操練！」

還不等人反應，數名胥吏就已提著竹棍進來，營房頓時亂成一團。

穿著蓑衣的教頭大吼：「都給我聽好了，一炷香之內到校場集合，司業大人下了死令，哪個隊有學生耽誤，教頭鞭撻十個大板，一隊有三人以上耽誤，教官受罰，老子在邊鎮出生入死，還沒有挨過人的鞭子，誰要是敢耽誤，老子挨了打，你們也別想有安生日子過。來，帶幾桶水來，還不肯起來的，給他洗個澡。」

一時之間，營房裏雞飛狗跳，受了驚嚇的武生紛紛穿衣，衣衫都是預備好的，內衛禁軍的袍裙，鐵殼范陽帽子，只有駐守宮禁的殿前司禁衛才允許穿的衣甲，開始時，武生們穿得新鮮，昨個夜裏還有人試穿著顯擺耍威風，可是這麼一心急火燎，才發現這澄亮衣甲的不便和繁瑣，於是那邊有人提著竹鞭催，這邊急得跳了腳，好不容易套上靴子戴了鐵殼帽，才發現這衣甲相當厚重，足足二十斤，一開始還好，可是時間一久，身體就撐不住了。

那邊教頭和胥吏還在催促，沒辦法，一個個只好衝出營房去，外頭還是淅瀝瀝的雨落個不停，冒著雨，許多武生向校場會聚，隊伍很零散，甚至許多人連教官都找不到，好在各處有教官在叫：「一隊的來這裏。」那邊喊：「五隊的都過來。」

足足用了一盞茶功夫，隊伍才初現雛形；那邊有主簿拿著花名冊點了卯，不安的躁動終於平復下來，雨水滴答地落在身上，教頭冒雨開始整隊，規範站姿，武生們的煎熬只是開始，若是他們知道保持這樣的站姿需要一個時辰，只怕早已叫苦不迭了。

雨漸漸大了，有幾個不老實的武生開始活動筋骨，尤其是一些曾在禁軍中待過的勳貴子弟，在他們看來，小爺們是來鍍金的，這遭罪，他們可不願意受。如此一來，隊形又開始鬆懈起來，不少人有樣學樣，幾個膽大的，乾脆把沉重的鐵殼范陽帽摘下來，與一旁的同伴嬉笑。

「大膽！」教官韓世忠踏著泥濘，手持著鞭子過來，怒視著幾個膽大妄爲的武生。

「大人何必這麼認真，學堂嘛，我們又不是沒進過，就是國子監，諸位兄弟也曾廝混過的，哪有你們這般不近人情？好啦，大人消消氣，大不了旬休的時候請你們喝酒還不行麼？其實大家都知道，這都是花架子，糊弄那些外地來的秀才舉人就足夠……」

啪，這人話說到一半，正要準備大笑幾聲熱絡一下，韓世忠的手便如蒲扇一般扇過來，打得這人一時懵了。

「你……你敢打我?!」

韓世忠面無表情地看著他道：「這是司業大人立下的規矩，不聽話，打十軍棍，來人，拿下去，打！再不聽話，立即開革，對了，我險些忘了告訴你，開革之後，有功名的撤銷功名，有恩蔭的撤銷恩蔭，若是不服氣，去尋沈大人。」

韓世忠連眼皮都懶得再抬起來，面無表情地轉過身去：「都聽著，誰再敢沒有規矩，此人就是榜樣！」

話音剛落，如狼似虎的胥吏立即將那胡鬧的武生反剪起來押下去，校場不遠處就是賞罰閣，淒厲的嘶吼立即傳出來，那聲音飄蕩得很遠。

有了這個教訓，所有人都嚇了一跳，秀才、童生們自不必說，若是開革，撤銷了功名，只怕一生再難有出路。至於那些勳貴子弟，只是撤銷恩蔭，也足夠他們喝一壺，這種人文不成武不就，靠的就是恩蔭，連這個都撤了，不說家裏頭交代不過去，這一輩子指望誰去？

隊列一下子又整齊起來，所有人皆是大氣也不敢出。

時間一點一滴地過去，天色反而越漸深沉下來，烏雲在黎明的夜空當中低低地垂壓著，悶雷聲在天空當中滾過。

雨線逐漸變得粗大，暴雨前的大風刮得嗚嗚作響，鬼哭狼嚎的刮得人生痛。

對於武生們來說，每一分每一秒都是煎熬，雨水浸濕了他們的衣甲，拍打在鐵殼范陽帽上，帽檐呼啦啦的流下水簾子，將視線都遮擋了。

一旦有人動彈，就有教頭在雨中怒氣沖沖地執鞭過來敲打，撓個癢在武生們看來都成了一種難得的奢侈。

一個時辰過去，所有人漸漸變得虛脫，穿著二十斤重的鎧甲在這傾盆大雨裏站了足足一個時辰，若不是被高壓震懾著，只怕誰也不相信自己居然能夠忍耐下來。

正在這個時候，遠處一個小黑點漸漸移近，漸漸的，一個人影的輪廓出現，一個人撐著一支荷花油傘兒，慢慢踱步過來。

他躡手躡腳的，好像閒庭散步，又好像流連於沿途的風景，一陣狂風吹過，木質的油傘咯吱咯吱的歪到一邊，這人大聲叫道：「我的傘……」呼……手上一個不留神，那油傘便被大風捲走。

這個倜儻的少年沒有了閒雅的興致，追逐著油傘大叫：「蘇州清屏鋪子的荷花傘啊，三十貫錢一柄的……」撒著腳丫子，一下子狼狽起來。

武生們斜著眼看過去，實在對這個冒失的傢伙無言以對。

等那人將傘撿了回來，人已是滿身泥濘，將傘收了，有個胥吏去給他拿了一副蓑衣來，他穿上之後，戴上斗笠，才慢吞吞地舉步到校場來，左看看，右看看，很是滿意地頷首點頭：

「站得不錯，很好，再接再厲；本司業為了來看望大家，足足糟蹋了三十兩銀子，你們能有這個成績，我很欣慰。」

所有人這才知道，原來這人就是罪魁禍首沈傲沈大人，一時之間，有驚異於沈傲年輕的，有咬牙切齒恨不得找個機會打他黑棍的，一個個神色複雜，卻都不敢亂動彈。

韓世忠踏步過來，沉聲道：「大人，方才有個武生犯了學規，已叫人帶著去領了十軍棍。這人自稱是曲江侯的兒子，說是……」

「噢。」沈傲漫不經心地打斷他：「打了就打了，趕快叫人敷傷藥，明日再讓他下床，捱了打，也不能耽誤了課程，我得為曲江侯負責，是他爹拍著胸脯要我好好教育他兒子的，咱們不能客氣，客氣就生分了！放心，打也打不壞他們，不是預備了幾個郎中嗎？還有一個是辭官的老御醫呢，治這點小傷還不是手到擒來？」

在沈傲看來，老御醫與後世的老軍醫有異曲同工的功效，後世的老軍醫醫術精湛，什麼挺而不舉、舉而不堅、堅而不硬、硬而不久這等疑難雜症都能藥到病除，更別說老御醫了，小意思，於是向韓世忠表示儘管放心、大膽、後顧無憂地打，不要有什麼顧慮。

韓世忠應下，沈傲臉子一拉，道：「你是教官，這責罰的事爲何不見學正來，卻要教官來做，他這個學正是怕得罪人嗎？把人叫來。」

學正叫成敏，一聽到沈大人叫，立即冒著雨來了，恭恭敬敬地行禮，笑呵呵地道：「大人……」

「成學正！」沈傲陰著臉：「兵部叫你來，是讓你來做什麼的？」

「回大人的話，下官掌執行學規，考校訓導之職。」

「那你自己說說看，有人犯規矩的時候，你在哪兒？」

雖是大雨滂沱，成敏卻是冷汗淋漓，小心翼翼地道：「大人，操練的事，下官是不管的。」

沈傲撇撇嘴道：「我現在立個規矩，操練時，你得帶著人在這兒看著，有人胡鬧，立即懲處，否則就捲舖蓋滾蛋吧。」沈傲毫不留情地訓斥一句，隨即又叫來學丞，問道：「伙房那邊的早餐準備好了嗎？」

「回大人，已經準備好了。」

沈傲雙手一擊，神采飛揚地道：「開飯！」

這一句開飯，不啻是大赦，教官們各回本隊，宣佈散隊，一下子，武生們頓時歡呼起來，顧不得一身的泥濘，站了一個時辰，早已腳跟發軟，肚子餓得咕咕叫，紛紛向伙房衝去。

至於那些學官和教頭此刻卻不敢動，沈大人還在這兒呢。

沈傲又是撇撇嘴道：「我還有一個規矩要記下，就是教官、博士要和武生一道用餐，用餐時也得按著規矩來，第一，不許浪費飯食，其二，用餐時不許喧嘩，其三，進餐時不許狼吞虎嚥，其四，都得挺著身板吃，不許鬆鬆垮垮。好啦，我只想起這麼多，其他的，等我想到了再添加，成學正，你到時候記下來，按著我的規矩去辦。」

武備學堂的早餐豐厚無比，熬了一夜的雞湯，每人四個炊餅，外加管夠的水果，便是小康之家也比不上。

餐堂距離校場不遠，寬敞而樸素，八百餘人按著自己的分隊、營房編號落座，卻都不敢發出聲音，挺著身子等胥吏們上了早餐，才小心翼翼地細嚼慢嚥，時而發出幾聲咳嗽，在這針落可聞的環境下，咳嗽之人便忍不住現出幾許拘謹。

沈傲與學正幾個落座在一桌，慢吞吞地用過了早飯，對一旁的學正道：「你好好督促著，若是再有差錯，莫怪本大人不講情面。」囑咐過之後，擦了擦嘴道：「我的傘兒找個人去修一修，本大人先去宣武堂睡個回籠覺，你們繼續。」

沈傲的無恥在於折騰別人的同時，自己卻大言不慚地偷奸耍滑；當然，若是有人不服，他也會振振有辭，本大人是司業，司業是什麼？那是副校長，除了皇帝，是武備學堂裏最大的官，身體力行？別開玩笑，睡回籠覺是沈大人的天職，折騰你也是沈大人的天職，不服？不服今個兒不用睡了，站一晚上再說。

兩炷香的時間之後，鼓聲又起，好不容易歇了歇的武生又被驅去了校場，最讓他們痛苦的是，所謂的操練既不是練槍也不是弄棒，仍舊是站著，這一趟站的是兩個時辰，唯一的幸運便是壞天氣已經過去，雨過天晴，終於不必飽受狂風暴雨的折磨。

不過他們的處境也好不了多少，清晨那一站，腿兒已經有點不聽使喚了，直打哆嗦，又要站個一上午，其體力透支可想而知。

能來這裏的，身體素質未必有多好，畢竟大多數是一些讀書人和紈褲子弟，哪裡經受得了這個，早就哭爹叫娘了，好在有教官和教頭來回督促，又時不時殺雞嚇猴，讓這些武生咬著牙，終於堅持下來。

武備學堂的午餐仍舊豐盛無比，牛肉、狗肉湯，再加上時鮮的蔬菜，武生們辛勞了大半天，人困馬乏，食量也是大增，從前一頓吃不過半碗的窮秀才，竟是一口吃下了兩飯碗，足足半斤牛肉和一碗狗肉湯。

要知道，這個時代的牛肉不可多得，宰殺生牛是觸犯宋律的，畢竟牛是重要的耕作工具，除非老死病死的黃牛，才能進入餐桌，正因爲如此，牛肉的價格往往是狗肉、羊肉、豬肉的數倍，尋常人家哪裡容易吃到？

武生們最歡樂的時光便在餐桌上度過，只是吃完了飯，更多的痛苦煎熬仍在等著他們，下午是走步操練，一列列人列隊等待，接著是並排前行。

一開始，武生們頗覺得新鮮，對他們來說，只要不站隊，便是讓他們提著槍棒去搏鬥也好；可是很快，他們便發現走步比之站隊更加難熬，有時隊裏有一人動作不整齊，全列就得抬著腿，既不能放下，還要舉到一致的高度，辛苦可想而知。

這一天，所有人都不知道是怎麼熬過來的，只覺得暈暈沉沉，時間過得很快，卻又慢極了，好不容易用過了晚飯，回到營房歇息半個時辰，所有人忍不住脫下靴子，才發現他們的腳底板已經生出老繭，火辣辣的痛得厲害。

有人挑了燈，不知從哪裡尋了繡花針來，小心翼翼地挑著腳下的血泡，有的口裏埋怨教官和教頭，當然，謾罵沈傲是必不可少的功課，一人壯著膽子罵出來，頓時便是罵聲四起，得到所有人的共鳴。

休息得差不多了，便是晚間的功課，所有人坐進課堂，由博士授課，授課的內容也圈定了，圍繞著武備學堂的主旨來，即忠誠、勇敢、慎行、勳業。

忠誠、勇敢自不必說，這慎行便是教人謹慎自己的言行，具體的授課內容是講授身為天子門生，一言一行都代表了皇家威嚴，不可畏懼強暴，亦不能欺負弱小，勳業自是傳授他們建功立業的觀念。

有了這個主旨，其餘的就全靠博士們臨場發揮了，引經據典必不可少，引用些史籍的人物榜樣來旁證也不可或缺，反正就是不管怎麼說，你得把這些東西編圓了，好讓人接受。

除此之外，一些兵法以及算術和測繪也是夜間的課程，尤其是算術和測繪，是夜間功課的重中之重，懂得算術，才知道一營官兵行軍時需多少大灶，每日需要多少糧草供應，箭矢能夠堅持幾天。至於測繪，則是畫圖，不懂得測繪和看地圖的人是沒有前途的，知道了地形，才能將地利的優劣了然於胸，哪裡有條河，哪裡是個山谷，哪裡有林莽，紮營時優先考慮哪裡，看上去好像有點荒誕，有點兒乏味，卻是武生們必不可少的素質。

一天很快地過去，可是第二日仍舊如此，武生們每一天的時間都被填充得滿滿的，教官和教頭只會告訴他們做什麼，絕不能怎麼做，也沒有商量的餘地，叫你站著，你就不能趴著；讓你走步，你就不能跑。

連日來的操練，讓所有的武生漸漸麻木，他們已經沒有多餘的時間去想自己所學習的是否值得，更沒有時間去思考教官、教頭的話是對是錯，只是知道軍令一下，自己必須本能地回一句：「遵命。」隨後不折不扣地去將軍令完成。

人從簡單到複雜不容易，可是要從複雜到簡單卻輕巧得多，充足的營養和苛刻的操練，武生的體力也漸漸強壯起來，一切進入正軌，步操和隊列開始縮短到了兩個時辰，其餘的時間則是進行長跑，長跑仍舊是一件飽受折磨的事，繞著校場每日不知要跑多少個圈，每一次跑完，兩腿就不聽使喚了，好在經過長期的操練，武生的忍耐力已是今非昔比，雖然折騰得厲害，卻還能勉強支撐。

至於沈傲，偶爾也會過來一趟，身爲武備學堂的實際祭酒，沈傲偶爾也會在晚間授幾堂課，憑著他的三寸不爛之舌和廣博的見識，竟是頗受武生們的喜愛，比起那些博士，沈傲授課顯然更加生動，一些道理由淺入深，獲得了不少武生的青睞。

沈傲最提倡的是慎行，他所講述的道理，是對待敵人應該殘酷，而對待弱者，應當憐憫，之所以憐憫，是因爲武生是大宋的驕傲，他們理所應當用自己的言行去換取敵人的戰慄和弱者的歡呼。平平常常的道理，到了沈傲口中，一下子變得神聖起來，而武生們則是聽得熱血沸騰、津津有味，從前對沈傲的壞印象也悄然改變。

時間漸漸消磨，邊境無戰事，咄咄逼人的西夏人在汴京鬧了鬧，也知道宋夏之間的和議變成一紙空文，也就再沒有糾纏的意思，鴻臚寺那邊各主簿不需吩咐，四處收受番邦們的賄賂，一份留給自己，一份送到沈傲手裏，鴻臚寺上下一心一起發財，日子既愜意又閒雅，不必沈傲去操心。

至於宮裏也風平浪靜，兩后之間都在積蓄力量，試圖等待時機，趙佶最願意做的就是太平皇帝，只要沒人煩他，他求之不得，所以每日只是批閱奏疏，有時叫沈傲入宮去說說話，日子倒也悠哉悠哉。

天氣漸漸冷了，武生們已換上了棉甲，三個月的訓練，那些平日只知知乎者也的秀才，轉眼之間多了幾分彪悍和健壯，至於入學的紈褲子弟，也一下子變得成熟幹練多了。

一開始，各家聽到沈傲竟如此折騰自個兒的寶貝兒子，男人倒不說什麼，這年頭信奉的本是棍棒底下出孝子，老子打你和沈大人打你一個樣，不聽話，打了也是活該。可是女人們就不同了，一個個既是心疼又是腹誹，四處托人求情，請教頭、博士照顧。

不過她們的怨氣也沒有維持多久，等看到自家的兒子彷彿換了一個樣地自學堂裏回來，臉上少了幾分稚氣，多了幾分謙卑和銳健，便是吃飯，也是規規矩矩，腰板挺直細嚼慢嚥，這樣的兒子，當然讓人喜歡，於是也不再說什麼，反而念叨起學堂的好來。

武備學堂的旬休，一個月只有一次，就是在十五這一日放風一天，所以前一夜開始，武生們便興奮起來，各自約好了去街上閒逛或者回家的，今日一清早，便急不可耐地從學堂中衝出去。

周恆這三個月來熬的苦不少，他這個姐夫非但沒有對他有一點寬容，反而待他更加苛刻，讓他叫苦不迭，卻也漸漸地變得健壯、沉穩起來，今日與十幾個同窗約好，要帶他們去汴京玩。

他是汴京的老油條，哪個街坊最熱鬧，他都如數家珍，所以許多家住在外地的同窗便請他帶路，讓他們見識見識汴京的繁華，周恆打了包票，自然不肯冷了大家的興致，因此這十幾個人仍舊穿戴著武生的甲冑，浩浩蕩蕩地上了街。

先是帶著他們到最熱鬧的迎春坊逛了一圈，周恆顯得越發洋洋得意，眼看到了中午，便帶著大家一起尋了個酒肆去吃飯，要了個廂房坐下，十幾個人剛剛點了酒菜，便聽到外頭傳來一陣鼓噪，幾十個禁軍打扮的人破門進來，其中一個都虞候打扮的傢伙，口裏破口大罵：

「大膽，誰說這酒肆裏沒有廂房，這不就是？哼，小二，把這裏的客人趕出去，這廂房，大爺包了。」

小二從裏頭擠進來，苦著臉道：「大人……大人見諒，這裏頭已經有人了，要不大人等一等，待他們吃……」

啪，都虞候一巴掌甩在小二臉上：「老子來店裏吃飯，是看得起你這廝，把位置騰出來，否則拆了你的店。」

一旁的幾個禁軍跟著起鬨：「店家可知道這位軍爺是誰？嚇，說出來嚇死你，這是馬軍司堂堂都虞候，三衙裏頭，也是排得上號的人物，你得罪了他，還想不想在汴京營生？叫你們掌櫃的來，趕人！」

那夥計挨了打，捂著臉嚇得不敢吱聲。周恆側目過去，見對方是禁軍，倒是卸下防備，好歹他從前也在殿前司行走，多少還認識些朋友，可是見到這都虞候如此囂張，便一時忍不住了，拍案而起，道：

「這客店不是你們馬軍司的，要橫，大人似乎走錯了地方。」

幾個武生倒是不願惹是生非，有人拉了周恆的袖襬，低聲道：「周校尉，算了吧，我們走便是，校規裏明文規定，讓我們不許惹是生非，大不了我們另尋一家店去吃。」

若是換了從前，周恆哪裡還顧得這些，早就動手了，這個時候，終歸少了幾分胡鬧，咬了咬唇，瞪了都虞候一眼，將一錠銀子拋在桌上：「會賬，諸位校尉，我們走。」校尉是學堂內的稱呼，頗有些兄台的意思。

隨來的武生紛紛站起來，要隨周恆走。馬軍司的都虞候大笑，卻是抱著手攔在門口，嘲諷的笑道：「要走，沒這麼容易。」他指了指周恆，冷笑道：「本大人也是你瞪得？瞧你這模樣，倒像是看不慣本大人？」

這都虞候挑著眉眼，似笑非笑，尋釁的意味極濃，他一見對方的裝束便知道是殿前司來的，多半是殿前司的小魚小蝦米。

殿前司與馬軍司算是三衙裏的一對冤家，一個如日中天，背後有高太尉做主，另一個司命拱衛宮禁，算是正牌的天子親軍，勢均力敵，難免就有摩擦，平時尋釁鬥毆也是常有的事，偏偏兩位都指揮使也不太管這事，斥責幾句也就按下不提了，都指揮使大人都是這個態度，毆鬥的事就愈演愈烈了，一言不合拔刀相向是常有的事，這都虞候本就是高太尉的心腹，此時抱手冷笑，打定了主意，要給周恆等人一點顏色看看。

周恆這一下遏制不住怒火了，冷聲道：「怎麼？要打架？」

「打的就是你這狗才！」都虞候一腳向周恆猛踹過去，周恆想不到對方玩陰的，一腳恰好踹中他的大腿，呃的一聲向後仰倒。

「打！」這個時候同來的武生也怒了，紛紛抄起桌凳、碗碟，便朝著馬軍司的人猛砸過去。都虞候狂笑，猙獰的道：「弟兄們，給老子上。」

雙方在廂房中廝打一團，乒乓四處作響。

碰到這種事，雙方還都是披甲的武夫，店家是不敢生事的，報官怕惹來麻煩，人又不敢驅趕出去，只能自認倒楣。那店裏的掌櫃帶著幾個夥計在樓梯口聽著上頭的動靜，好在這種事司空見慣，每隔個把月總會有這麼一齣，這掌櫃雖然臉色青白倒還鎮定，只是心疼自個兒的碗碟罷了。

裏頭卻是打得昏天暗地，數十個鏖戰成一團，都是不肯服輸的角色，雙方攪在一起，周恆這邊人少，且心有顧忌，如此一來，立即落了下風，很快一邊倒起來，到了最後，也只有挨打的份了！

七八個武生被人按在地上，雖然頭破血流，口裏卻是不饒人，紛紛破口大罵，那都虞候只是冷笑，擦了擦額角的傷口，撿起一塊碎碟，走到被人按倒在地的周恆跟前，猙獰笑道：「你再罵一句試試看。」

周恆大罵：「直娘賊，你若是有一日落在小爺手裏，我扒了你的皮！」

都虞候眼眸閃過一絲殺機，冷哼一聲，鹿皮靴子狠狠踩在周恆的手背上：「小小一個殿前司的爬蟲也敢出口狂言，今日給你一個教訓！我叫黃安，哈哈，下次報仇切記著我的名字。」說著握著碎碟朝周恆的臉上狠狠劃下，殷紅的鮮血順著碎碟的鋒芒汩汩出來，周恆痛得大叫：「直娘賊……」

第一七八章
燙手山芋

這京兆府把皮球踢到他這裏，等於是送來一塊燙手的山芋給他！

管？這位尚書大人倒也光棍，誰也不商量，立即備了馬去尚書省，

兵部那邊管不了，尚書省總該管管吧，你統領著六部二十四司呢，你不管誰管？

好好的出來玩，卻是挨了一頓打，周恆的臉頰上還多了一條寸長的血痕，等馬軍司的人走遠，這些人相互攙扶著從廂房裏出來，正好撞到了酒肆的掌櫃。

這掌櫃倒是有經驗，看到周恆的傷口，頓時皺起眉：「小爺，出了酒肆左拐個彎兒有家藥鋪，開藥鋪的郎中姓劉，快去敷些傷藥，否則化了膿要出大事。」

周恆等人謝過，狼狽不堪的去包紮了傷口，原本周恆還打算過了晌午回家去的，如今這個樣子不能見人，只能帶著同伴回學堂去，到了學堂門口，是幾個站門的胥吏，這幾個胥吏見到七八個學生渾身是傷的回來，立即攔住要問。

周恆幾個只推說是摔腫的，這等事當然不能被人知道，一是丟不起人，另一方面也違反了學規。只是周恆臉上的口子實在太深，只怕往後要留下疤痕，早晚要教人知道，心裏更覺得黯然。

胥吏見他們不肯說，也就不再問了，放他們進去，仍舊站班。

又過了半個時辰，沈大人的車駕卻是來了，以往這位沈大人都是乘馬，今日卻不知怎的特意坐了車來。馬車在門口停下，沈傲下車左右看了看，問門口的胥吏道：「韓世忠有沒有出去？快叫他來，我有事要和他商量。」

沈大人提及了韓教官，倒是讓胥吏們不覺得意外，韓教官近些日子頗受沈大人的垂青，幾次請他去探討操練的事宜，這在武備學堂是有目共睹的。

那胥吏道：「韓大人沒有外出，一個時辰前，還叫小人去街上買了本兵書回來，現在只怕在臥房裏看著。大人……有件事，小的覺得很是蹊蹺……」

見胥吏欲言又止，沈傲朝他笑了笑：「有話快說，哪裡有這麼多廢話。」

胥吏便將方才七八個歸校武生的事說了，最後道：「其中一個臉上有一條手指長的口子，猩紅猩紅的，真要摔，也摔不成這樣，小人估摸著他們應當是出去打架了。」

沈傲眉頭一皺：「打架？去，把那幾個人叫到宣武堂去，我要過問，另外請韓教官也來。」說著進了學堂，徑直先進了宣武堂等著。

本來他這一次來，是想趁著旬休，韓世忠那邊有空閒和他討論操練的，如何進行兵器訓練沈傲沒有經驗，有這位久經沙場的韓世忠幫忙，這事就容易了一些，只是想不到竟是撞到了學生打架回來，沈傲心情陰沉下來。

到了宣武堂裏，叫看守的胥吏斟了茶來，過不多時，韓世忠便穿著便服來了，韓世忠先朝沈傲行了禮，沈傲叫他坐下，沈傲先放下操練的事，率先問道：

「有七八個武生在外頭打了架，韓教官知道不知道？」

韓世忠詫異的道：「有這樣的事？」隨即也凝重起來：「學堂第一次出這種滋事的學生，若是這一次不嚴懲，往後要管教起來就難了，大人，那幾個學生在哪裡，不如叫他們來，先問問再說。」

沈傲陰沉著臉點了頭：「我已經叫人去叫了。」說罷，慢吞吞的喝了口茶：「千里之堤，潰於蟻穴。你說得對，是要好好管管，本大人都從良了，他們倒好，居然還敢在外頭滋事，不給他們幾分顏色，過幾日他們要上屋揭瓦了。」

韓世忠聽到從良兩個字，臉色一下子變得怪異起來，訕訕笑道：「大人說得對。」正說著，外頭周恆幾個人不敢進來，周恆想不到姐夫會來，既覺得尷尬，又有些害怕，雖說兩個人關係好，可是在這學堂裏，沈傲可是一點情面都不給他，徘徊了很久，才硬著頭皮進去，隨著一干校尉一齊行禮：「學生見過司業大人。」話音剛落，立即垂下頭去，不敢看沈傲一眼。

沈傲板著臉，想不到周恆也有份，心裏更氣，前幾日還拍著胸脯對夫人說周恆成熟穩健了，這倒好，這才幾天牛皮就戳破了。

「把頭抬起來。」

武生們沒一個敢抬頭的，口裏應了遵命，卻仍是低垂著頭。

沈傲加重了語氣：「我叫你們把頭抬起來。」

這幾個犯事的學生才勉強抬起頭，沈傲抬眼一看，周恆臉頰上一道傷疤猩紅的可怕，許是剛剛止了血，上了藥，可是牽扯一下，就彷彿要有一個口子要裂開。

壓著對周恆的關心，仍舊冷聲道：「是你們自己說呢，還是本大人親自向你們問？」

「我們自己說。」周恆倒是乖巧，事情到了這個份上，瞞也瞞不住，倒不如光棍一下，咬了咬牙，卻是牽扯到了傷口，痛得直吸氣，身側的一個校尉已經開始老實交代，說他們如何去飲酒，那些馬軍司的人又如何衝進來，先是忍讓，最後混戰一團，便是最後那都虞候在周恆臉上劃了一個記號，還揚言大可以去尋他報復的事也一併道出。

沈傲聽了，不動聲色的問：「如此說來，倒像是你們一點錯都沒有？」

周恆立即道：「大人，學生絕不敢隱瞞，若是大人不信，可以叫那姓黃的當面對質，我們有一句虛言，寧願背著鋪蓋滾出學堂去。」

沈傲面色一沉，道：「馬軍司的？高太尉那邊的人……」

他坐在位上沉吟，周恆幾個惴惴不安，一個個等候沈傲處置。

一旁的韓世忠道：「既然不是學生的錯，這件事也就算了，就此揭過，往後叫他們注意些自己的言行也就是了。」

有韓教官求情，犯錯的學生心裏都燃起了幾分希望，紛紛道：「大人，學生以後再也不敢犯了，請大人見諒。」說著一個個跪倒在地。

學規森嚴，在外鬥毆的，重一點就是開革，最輕的也是二十軍棍，誰也不肯開革出學堂去，一個個小心翼翼的望著沈傲，可憐巴巴的求起情來。

沈傲拍案而起：「不成！」

學生燃起的希望又跌入谷底……

沈傲冷笑道：「這件事不算完！既然他們連武備學堂的人都敢動，管他什麼都虞候，韓世忠，你立即去叫人，召集所有留校的學生，集合！」

「大人……這是……」

「操傢伙，去和馬軍司的人講道理！」

武備學堂外地人居多，今日旬休，除了一小部分汴京人回家，大多數只是上街去逛一逛，這時恰是下午，武生們大多三五成群地回來，正在營房裏歇著，或是閒聊；這時，鼓聲突然傳了出來。聽到鼓聲，所有武生反射動作地穿上衣甲、套上靴子、帶上范陽帽紛紛向校場湧去。

按規矩，響鼓便是集結的信號，半炷香之內不能列隊在校場集合的，全隊圍著校場罰跑三十圈，自己跑也就算了，武生最怕的就是連累到袍澤，所以鼓聲一起，所有人沒有絲毫停頓，輕車熟路地在校場列隊完畢。各隊的教頭和教官也紛紛急促促地趕來，五百餘人的隊伍用不了多久就排列整齊，肅然待命。

沈傲帶著韓世忠和周恆幾個過來，殺機騰騰地走上校場前的校台，負著手，慢吞吞地道：「之前我教過你們一個道理，叫作慎行，什麼是慎行？就是做人做事，要遵守自己的原則，原則是什麼？是不畏強暴，不欺弱小。今天我再教你們一個道理……該來的都來了吧？各自去領操練的棍棒，隨我走。」

一炷香之後，殺機騰騰的武備學堂學生們提著棍棒，由沈傲、教官、教頭帶領，列隊走出學堂。他們後來才知道，原來是馬軍司的人把學堂裏的幾個校尉打了，大家都是年輕人，眼見同窗受人欺負，一時也是熱血上湧，再加上司業大人肯撐腰，更是卯足了勁頭，揚言要報仇雪恨。

三個月的訓練，雖然不足以將他們練成百戰之士，卻也個個彪悍而勇毅無比，至少比起那些久不操練的禁軍來精悍了許多，沈傲騎著高頭大馬走在最前，後頭的校尉列隊跟在後頭，手中拿著操練時的短棒，惹來沿街許多百姓駐足旁觀。

馬軍司位於內城東北角落，這裏的守備倒是不嚴格，畢竟馬軍司的軍馬各營房都在外城和甕城，而辦公的衙門爲了方便，則選擇在內城，這一來一去，距離半個時辰的路程，所以也只是幾十個禁軍輪班值守，反正這是天子腳下，莫說是馬軍司，便是最尋常的京兆府衙門也沒有人敢滋事，在這兒站班的，也只是做做樣子。

裏頭幾個當值的堂官和都虞候都在耳房裏吃酒，如今入了冬，天氣漸漸轉寒，誰也沒有心思去管顧案牘，只叫人生了幾個炭盆兒，溫了幾壺酒，尋了幾樣下酒菜打打秋風。

這裏頭既有主簿也有都虞候，文武官員都有，幾杯熱酒下肚，就難免要吹幾聲牛了，其中一個說起上午黃虞候在酒肆裏暴打殿前司禁軍的事。這事鬧得不小，所以大家夥兒都知道，那黃虞候今日不當值，可是當值的幾個都不由笑了，這個說黃虞候那是捏軟柿子，那個說殿前司的人該打，倒是幾個主簿顯得矜持，只是在旁捋鬚微笑著聽，並不發表意見。

閒聊了好一陣，其中一個主簿道：「是不是殿前司的人還沒準呢，武備學堂那邊不也是穿殿前司那樣的衣袍嗎？今日武備學堂旬休，沒準兒打的就是那些武生，真要打錯了人，只怕就沒這般容易干休了，武備學堂裏的那人啊……是沒事他都要尋點事來的人物，況且是別人惹到了他的頭上？」

一個都虞候醉醺醺地拍腿道：「這是什麼話，沈傲又如何？他欺負欺負別人倒也罷了，咱們馬軍司怕他個鳥來，這賊廝不過是仗著官家的寵幸才敢恣意胡爲，可是咱們馬軍司不同，有高太尉在上頭護著，陛下那邊只要能做到不偏不倚，姓沈的來一個，咱們馬軍司打他一個。」

馬軍司與沈傲也是有梁子的，以前高太尉就曾吃過沈傲的悶虧，馬軍司也憋了口氣，雖說這高太尉也沒什麼可敬畏的，可是好歹是馬軍司的掌舵，是他們的臉面，因此說起沈傲的是非來，沒人肯給面子。

連那先前的主簿也忍不住道：「這話倒是沒有錯，一物降一物嘛。」

正說得熱鬧，外頭有個門子跌跌撞撞地進來，驚慌地道：「諸位大人，不好了，一群人帶著棍棒衝進咱們馬軍司來了，說是要講道理！」

還真有人來！耳室裏的人紛紛愕然，隨即有個都虞候問：「是什麼人？爲什麼不問一問？」

「說是武備學堂的。」

一個主簿氣定神閒地站起來，道：「不怕，他們不敢動真格的，這是馬軍司，我大宋建朝，還沒人敢在馬軍司裏撒野，估摸著他們是想來嚇唬嚇唬咱們，咱們不怕，走，去和他周旋周旋去。」大手一揮，眾人轟然地跟他一道出去。

這個時候，四五百個武備學堂校尉隨著沈傲衝進來，那幾個站樁的門子哪裡敢攔，到了大殿，教官和教頭領著校尉將這裏圍住，沈傲大大方方地踱步進去，伸了個懶腰，道：「姓黃的都出來，本官要和你講道理。」

裏頭的幾個禁軍和從耳房出來的主簿、都虞候一個個噤聲，心裏頭既有點兒忐忑，又有點兒不肯示弱，就這樣僵著。

沈傲又問了一句：「我再說一遍，姓黃的都給本官站出來。」

先前那氣定神閒的主簿站出來，朝沈傲行了個禮，道：「沈大人，你這是什麼意思？這是馬軍司，你看清楚，可不是隨便撒野的地方，有什麼事，也到外頭去說。」

這沈傲實在囂張得沒邊了，帶著這麼多人圍了馬軍司的正堂，真真是曠古未有之事，主簿心裏便已料定姓沈的只是在唬人，因而也不怕他，與他爭鋒相對。

沈傲二話不說，抄起一旁几案上的空茶盞，猛地朝主簿臉上一拍，接著，「啪」的一聲，茶盞應聲而碎，主簿被砸得頭破血流，頭暈目眩地向後仰倒。

砸完了人，沈傲撇撇嘴道：「還楞著做什麼，把這兒砸了！」

「遵命！」按捺不住的校尉提棒衝進來，見人便打，見東西就砸，一時間，這莊嚴肅穆的馬軍司正堂頃刻間面目全非，管他什麼主簿還是都虞候、禁軍，都被人圍住一陣棒打，慘呼連連。

不消半盞茶功夫，沈傲攞了一張完好的椅子坐著，堂裏馬軍司的人已個個爬不起來了，周恆扯出一個人來，拉到沈傲跟前，當著沈傲的面問他：「那姓黃的都虞候在哪裡？」

「我……我不知道……你們好大的膽子，這是三衙重地，也是由得你們胡鬧的？白虎堂重地毆打天子親軍，我看你們是不想活了！」

沈傲毫不遲疑地一腳踹在這人的心窩上，冷冽地道：「天子親軍？哼，天子親軍毆打天子門生，先把這筆賬算清了再說！立即叫你們的高太尉來！」

早已有人去通報高太尉去了，其實校尉們隨著沈傲出來，京兆府那邊早就得了消息，於是連忙四處打聽到底出了什麼事，不問還不知道，一問之下，京兆府府尹嚇得面如土色，差點兒沒一口氣喘不上來。

馬軍司打了武備學堂的人，武備學堂帶著人去報仇，報仇也就罷了，你要是在外頭蹲著，等著那打人的出來打他幾下黑棍，這京兆府就當是承你沈大人的情，當作沒看到就是；這位沈楞子倒好，拉著大隊人就去了馬軍司，這可不是十個二十個人在鬥毆，足足四百人啊。

他好不容易喝了茶靜下了心，叫來幾個判官商議了幾句，便立即下了決定，這事兒京兆府管不了，神仙打架，小鬼再多，去了也只是遭殃，得趕快通報兵部，請兵部定奪。

兵部尙書恰好今日值堂，聽到了京兆府那邊下的條子，氣得眼睛都直了，他娘的，兵部其實就是個花架子，馬軍司和武備學堂表面上由他們管轄，其實屁大的事，兵部也做不得主，除了要餉的時候見得到人，平時也沒幾個願意在兵部衙門裏晃悠，叫他們去管這檔子事？那沈楞子，他是惹不起的，太尉那邊也不是善類，兩碗水端不平，誰吃了虧都要找他的麻煩，就算端平了，人家指定還不服！

這京兆府把皮球踢到他這裏，等於是送來一塊燙手的山芋給他！管？管個屁，這位尚書大人倒也光棍，誰也不商量，立即備了馬去尚書省，兵部那邊管不了，尚書省總該管管吧，你統領著六部二十四司呢，你不管，誰管？

尚書令李文和聽了兵部尚書的奏報，雙手一攤：「這是兵事，如何報到尚書省來了？」

李文和也是老油條，讓他來管？想都別想，於是便道：「這事兒還得太師做主。」

兩個人心急火燎地趕到門下省去見了蔡京，蔡京揮揮手道：「遞條子入宮，不要耽誤，出了事，我們都有干係，三省這邊天大的事也都放下，等候宮裏的旨意。」

推諉了這麼久，終於還是找上了正主，誰管了就是得罪人，可是不管，這事兒又太大，糊弄不過去，只好踢皮球了，好在這皮球倒也踢得利索，前前後後居然沒有耽誤多少時候，沈傲帶著人從武備學堂出來不到一個時辰，趙佶就收到消息了。

今日趙佶的心情格外的好，剛去給太皇太后和太后問過了安，後宮裏頭近來也風平浪靜，待在文景閣裏歇了一會，便將楊戩叫來，問：「沈傲近來在做什麼？怎麼也不見他進宮來，這小子近來倒是轉了性子，都不勤入宮了。」

楊戩笑呵呵地道：「還不是在武備學堂裏廝混著？不過這也是爲陛下做事，用用心，也是應當的。」

若不是楊戩提起武備學堂，趙佶還真將這件事忘了，在他看來，辦個學堂就能增強武備，那是天方夜譚，幾個先帝厲兵秣馬，結果如何？那麼多銀子砸進去也沒聽出個響來，還是省著點的好。

之所以答應沈傲的請奏，無非是因爲怕讓沈傲失落罷了，人家興致勃勃地要練兵，還表示要自己貼錢去辦，這份忠心豈能冷落？只是不成想沈傲還真一心撲進去。

趙佶打了個哈欠，道：「他喜歡搞武備學堂，就讓他好好辦吧，這樣也好，少來點狗屁倒灶的事，朕也能清靜一些。」

雖是這樣說，心裏頭卻有點空落落的，習慣了沈傲三天兩頭地鬧出點么蛾子來讓他去擦屁股，現在一下子清靜了，反而覺得少了些什麼。

楊戩笑呵呵地道：「要不過幾日老奴叫他入宮一趟，陪陛下說說話，再忙，總不會一點身都抽不開。」

趙佶想了想，不置可否地道：「這個要看他的心意，不能勉強的。」

正說著，門下省那邊遞來了條子，所謂條子，就是一些私房話，不存入宮中檔案的准奏疏；趙佶看了一眼，隨即將條子放下，沉聲道：「真是說曹操，曹操就到！這個沈傲，又捅婁子了，還是一次大婁子，好好的一個少傅、侯爵，竟然帶著四、五百人去馬軍司打架！哼，真是前所未有，膽大妄爲！朕就知道，他不鬧出點事來是不肯甘休的。」

楊戩心裏咯登了一下，心裏苦笑：「這個傢伙還真是膽大包天，竟敢打到馬軍司去，這下倒好，又有麻煩了。」臉上一副平和的模樣對趙佶道：「陛下，這事兒沒查清之前也不好判斷，沈傲也不是個無事生非的人……」

「他還不是個無事生非的人？」趙佶揚起條子道：「擺駕，朕倒要看看，朕去了，他還敢不敢打？」

楊戩心裏叫苦，這事兒說大也不算太大，說小那也絕對不小，天子腳下打人居然還鬧出這麼大陣仗，居然還往衙門裏衝，這不是明擺著要把事鬧大？要換作是他，打人還不容易？叫上人在街上埋伏，都換著便服，等人一來，一擁而上就是，何至於要去馬軍司裏頭去鬧。

楊戩哪裡知道大鬧馬軍司也是沈傲的教學內容，他現在不由地搖著頭，心裏覺得沈傲平時頂聰明的一個人，今日爲何卻如此糊塗。

高俅今日本在府裏頭和家裏的蹴鞠隊踢蹴鞠，聽到馬軍司被砸，腦子一時轉不過彎來，還真有膽大包天的，敢到馬軍司裏去鬧。

等聽到來鬧的人竟是沈傲，高俅便覺得有些頭痛了；這個沈傲，他交鋒過一次，說實話，惹不起，這樣的人是敢和你玩命的，再者這人詭計百出，高俅還真不是對手。

宦海沉浮這麼多年，高俅也學會了忍讓的脾氣，因此不到緊要關頭，他也絕不會和沈傲翻臉，只是如今對方帶著人把他的馬軍司都砸了，到了這個份上也沒有忍讓的必要了。

正是這個時候，都虞候黃安臉色土灰地來拜謁，一見到高俅立即跪在地上，口裏道：「大人救我……」

高俅一問，才得知了原委，這黃安原本以爲打的是幾個殿前司的禁軍，倒也不以爲意，直到聽說馬軍司出了事，這才留了心，後來知道人家去馬軍司原來是來尋他的仇的，領頭的不是別人，是那個風頭正勁的沈侯爺沈少傅，黃安才一下子慌了，想不到今日竟捅了這麼大的婁子，心底一琢磨，便立即跑來見高俅，自然是請高太尉爲他做主。

高俅深吸了口氣，這個黃安還真是他的心腹，到了這個份上，若是把他交出去，馬軍司和他的臉面也擱不下，呵斥了一通，對黃安道：「你先去避一避，我去馬軍司一趟，我倒要看看，那沈傲連本太尉也敢打不成？」

等高俅到了馬軍司，天色已有些昏暗了，這裏頭到處都是人，他的軟轎倒是沒有人攔，等進了正堂，高俅怒火頓時騰起，這裏頭已被人砸了個稀巴爛，沈傲坐在他的椅上正闔目養神，似乎正等著他來。

馬軍司的人都是鼻青臉腫地跪在地上，看到高俅進來，紛紛迸出淚來嘶喊：「高大人……」

沈傲張眸，慢吞吞地站起，笑呵呵地跟高俅打招呼：「高太尉，咱們又見面了，哈哈，高大人的氣色似乎有些不好啊，怎麼？是誰得罪了高大人了？」

高俅冷笑一聲，負手站著，盯著沈傲道：「沈傲，你好大的膽子，帶人攜帶兵器闖入白虎堂，知道是什麼罪嗎？」

沈傲撇撇嘴道：「闖入倒是真的，可是攜帶兵器就不然了。好啦，我也不和你廢話，有個叫黃安的，請高太尉立即交出來。」

高俅冷笑道：「沈大人莫要欺人太甚。」

「今日就是欺負你！」

高俅勃然大怒道：「這麼說，沈大人是一定要鬧了？」

「鬧不鬧在你，交出人，我們就走，不交，弟兄們只好捲了鋪蓋在這兒落腳了。」

二人相隔一丈對峙，你一言我一語誰也不肯讓步，正是這個時候，卻聽到一個嗓子在外頭喊：「陛下來了，陛下來了……」

這一通喊，武備學堂的校尉一個個立即拋下武器，等到有人帶著大隊的殿前司禁軍進來時紛紛拜倒，高呼萬歲。

趙佶進來，看了看馬軍司裏的一片狼藉，皺起了眉，一時沉默不語。

高俅見狀，立即行禮道：「陛下，沈傲膽大包天……」

趙佶不耐煩地擺了擺手，示意高俅不必再說下去，看著沈傲，道：「沈傲，你的膽子是越來越大了。」

沈傲恭敬行禮，正色道：「陛下，這只是演習，爲了求得逼真，是以微臣冒昧沒有知會三省，請陛下恕罪。」

「演戲？」

「是演習！」

「哼，胡說八道！」

沈傲正色道：「陛下，微臣絕不敢胡說八道，陛下現在也看到了，這馬軍司的防備竟如此鬆懈，微臣只帶了這麼點人衝進來，他們便悉數束手就擒了，陛下可以想像，若是異日有賊軍攻城，賊軍只需派幾十個細作，豈不是不費吹灰之力，就可以讓我大宋的頂梁柱一網打盡?高大人這個都指揮使，哎……不是微臣要說他壞話，此人帶兵無方，防禁不嚴，白虎堂如此軍機重地，他竟是疏於防範，連禁軍都是如此，將來誰來保衛我大宋?保護陛下?」

沈傲這傢伙總是這樣，無論什麼事都能想出理由來，趙佶哭笑不得，把人打成這樣，他說他是演習試探，鬼才信他。可是沈傲說的話也沒有錯，堂堂馬軍司，被一棒學生給鬧了個天翻地覆，這一項還真要重視起來。

趙佶仍舊冷然道：「你就只用這個理由搪塞朕？」

沈傲繼續道：「演習只是其中一項，微臣這一次來，同時也是來尋仇的。」說罷，便將周恆拉了過來，道：「周世子，陛下應當是見過的，年輕有爲，對陛下忠心耿耿，早在一年前便毅然投筆從戎，滿懷著馬革裹屍、爲我大宋開疆擴土的理想。更難得的是，他還能夠拾金不昧，經常扶老太太過街道，這樣的一個少年俊傑，卻被馬軍司的一個叫黃安的都虞候打成了這樣，英俊的相貌不能得以保存，實在比殺了他還難受，微臣氣憤不過，所以一時情緒激動，這才帶了人來，爲他和幾個被那黃安欺負的學生報仇。」

趙佶認得周恆，知道他是祈國公的獨子，看到他臉上的傷口，一時也皺起了眉，堂堂國公世子、天子門生竟被馬軍司的人打了，此人還是沈傲的小舅子，馬軍司也確實膽大妄爲了一些。

想到這裏，趙佶不由地瞥了高俅一眼，心中暗怪他不該疏於管教，否則也不會鬧出這等事來。

周恆被沈傲一誇，臉頰不由地緋紅起來，難得顯露出幾分扭捏，有點兒不好意思，這份憨厚，趙佶看在眼裏，在趙佶心裏加了不少印象分。

高俅連忙道：「陛下，黃都虞候固然有錯在先，可是沈傲帶人闖入白虎堂……」

沈傲在旁打斷道：「不是我闖入，是你自己防禁太鬆懈，你既知道白虎堂是軍機重地，爲什麼不多加些禁衛？說來說去，還是你無能罷了。」

強詞奪理之後，正色著向趙佶道：「陛下，這一趟臣帶學生們來，既是演習也是報仇，不過還有一樣，就是向馬軍司討教，請馬軍司抽調四百人來與我們武備學堂對陣一場，若是武備學堂輸了，今日的事，微臣甘願受罰，可要是我武備學堂贏了，就請陛下讓高太尉交出都虞候黃安，交由微臣處置。」

這一句話才是沈傲的殺手鐧，帶人闖入馬軍司，確實是重罪，便是趙佶維護沈傲，言官和馬軍司這邊也不會肯甘休。這時直接向馬軍司挑戰，就是要轉移所有人的注意力。

二人各上賭注，沈傲輸了也甘願伏法，可若是贏了，馬軍司這邊交出了黃安，就等於是他們承認理虧，闖入白虎堂的事也很快會被勝利沖淡，這件事的影響也就能降至最低了。

趙佶聽到武備學堂要向馬軍司挑戰，頓時也打起了精神，將注意力轉到了這場別具一格的比賽上，轉而向高俅道：「高愛卿以爲如何呢？」

高俅眼眸中閃過一絲不可捉摸的冷笑，看了沈傲一眼，顯得頗爲不屑。

果然是沈楞子，一群剛剛入學三個月的武生就敢向馬軍司挑釁，況且就在三個月之前，這些學生還不過是群秀才，憑著這些人也敢和馬軍司作對，也不知這沈傲是不是瘋了。

高俅立即道：「陛下，既然沈大人有這興致，老臣願意奉陪。」

趙佶呵呵一笑，道：「那好，今日朕便做這個見證，來人，立即讓兵部、門下那邊下條子，調一千馬軍司禁軍入內城來，這裏地方太小，就去武備學堂的校場對陣吧。還有，把晉王這些人也一起叫來，他最好瞧的就是這種熱鬧。」

隨來的內侍應下，立即去辦了；禁軍的調動十分不便，不但要門下、兵部和馬軍司出具調動的兵符，達到五百人以上的規模，還需皇帝首肯，更何況這天色不早，便更加繁瑣了。

難得趙佶來了興致，看了一旁的武備學堂校尉，還真有幾分彪悍，心裏頭也覺得高興，忍不住想：「沈傲這傢伙莫不是真練出一支虎狼之師了？」這個念頭也只是一閃即逝，很快便消失不見。

一群書生操練了三個月就想和禁軍對陣！若不是沈傲方才說得清楚明白，趙佶都以爲自己聽錯了。

第一七九章
靈丹妙藥

趙佶不置可否，深深地看了沈傲一眼。

換作從前，沈傲上操練的奏疏，趙佶是懶得看的，他的心思完全沒有放在這裏，

可是今日態度一變，又是興致盎然起來，

招呼沈傲坐下，要聽沈傲到底有什麼靈丹妙藥。

武備學堂要和馬軍司對陣？這個消息傳得很快，立即引起不少豪門世家的注意，尤其是有不少親眷在武備學堂裏操練的，更是打起精神；一時間，這汴京城裏熱鬧起來，許多轎子、馬車穿梭紛紛往武備學堂湧。

貴族進去也容易，打個招呼也沒人攔，有心看熱鬧的普通百姓被魁梧的武士擋著，只能在外頭聽動靜。

對陣廝殺對於閒來無事的人來說確實有不小的吸引力，猜測也隨之而來，都說秀才遇上兵，有理講不清；在尋常人的眼裏，武備學堂的學生還真是一群秀才，至於那馬軍司好歹也是禁軍，是各地廂軍中精挑細選的大宋精銳，這場對陣的勝負不需看，結果已經呼之欲出了。

怪就怪在那沈楞子敢放大話，人家正兒八經的喧囂，說不準藏著什麼殺手鐧呢！抱著這個想法，許多人對這對陣更添了幾分期待。

校場四周燃起了無數火把，將寬闊的校場照得亮如白晝，校臺上的王公貴族都來得差不多了，趙佶坐在最靠前的位置，身側是晉王、沈傲、高俅，其他各王與蔡太師等人坐在後排，都是翹首等待著好戲開鑼。

趙佶叫沈傲坐近一點，側過頭來低聲問道：「沈傲，這一回是你自己要比試的，若是輸了，朕只好治你闖白虎堂的罪了，你心裏要有所準備。」

沈傲頷首點了點頭，道：「陛下放心，微臣有六成的把握。」

趙佶的眼眸在火光中顯得深邃無比，瞪了沈傲一眼，道：「朕卻是連一成把握都沒有，你為何不和高愛卿比作詩？比這個，朕才對你有信心。」

沈傲莞爾一笑，想不到趙佶也有那麼一點點幽默感，笑道：「我倒是想，不過高俅一定不肯。他說不定叫我去和他比踢蹴鞠呢！」

趙佶咳嗽一聲，想了想，拍了拍他的手背道：「你也不必擔心，真要是輸了，朕也能體諒，操練哪有這般容易，秀才練個三個月，豈是禁軍的對手，朕會儘量網開一面，從輕處置你的。」

那一邊，趙宗支著耳朵聽趙佶和沈傲的對話，突然插話道：「皇兄，我對沈傲信心十足。」

趙佶撇過頭去，滿心疑惑地噢了一聲。

趙宗樂呵呵地道：「沈傲從不肯吃虧的，沒有把握的事，他不會做，皇兄等著瞧吧！」

這種沒來由的樂觀倒是感染到了趙佶，不過趙佶不經意地瞥了高俅一眼，卻又覺得冷落了高俅，溫和地道：「高愛卿，對陣可以開始了嗎？」

高俅瞥了沈傲一眼，道：「馬軍司這邊隨時都可以開始，只是不知武備學堂如何？」

沈傲爭鋒相對地道：「高大人，承讓了。」

「那就開始吧！」趙佶雙手放置在膝間，莊嚴肅穆地下了口諭。

校場足有後世七八個足球場那般大，鼓聲一起，在遠處等候的校尉和禁軍就紛紛向校場集結。

校尉來得最快，不到兩通鼓便已悉數到了校場，隨著教官一聲令下，立即列隊起來，三通鼓畢時，一列戰隊就初具雛形，第一列舉著木盾、木刀，之後是密密麻麻地豎著長棍的校尉整齊排列。

隊伍很安靜，沒有鼓噪，沒有喧嘩，沉默得有些反常，讓人看了不禁暗暗點頭，不說別的，單這份花架子就比以往的禁軍要高明得多。

至於禁軍則顯得散漫多了，雖然都是千挑細選的彪悍武士，身材魁梧不凡，可是校尉那邊隊伍已經整整齊齊屏息等待之時，他們才魚貫進來，列陣時也著實費了一番功夫，足足多耽誤了半炷香的時間。

其實這也怪不得他們，近年來馬軍司這邊的操練本就散漫，教頭們也漸漸不用心了，下頭的禁軍無人管教，當然也樂得清閒。就這，還是馬軍司最精銳的虎衛營，換了其他的軍卒，只怕連這個都做不到。

原本馬軍司集結的速度也不算太慢，可是和校尉們一比，高下就出來了。

高俅臉色有些陰沉，忍不住低聲道：「擺個花架子有什麼用？」

這句話恰好被趙宗聽到，趙宗打了個哈哈，道：「陛下，馬軍司練了這麼久，怎麼連花架子都沒有練出來？」

趙佶只是微微一笑，並不理會。

高俅卻是沉默了，方才他還信心十足，可是現在不禁生出一點焦躁；不由偷偷地看了看沈傲，見沈傲神態自若地坐在趙佶一邊，時不時地湊過身去和趙佶低聲說話，這種不安更是濃重。

校場的兩邊各是四百人，分別在教官和一個都虞候的指揮下直面相對，火光冉冉，渲染得校尉們的臉上多了一層紅暈，操練了這麼久，他們早已憋了一肚子的氣，這時到了檢驗成果的時候，雖然心有忐忑，可是仍不免有幾分躍躍欲試。

反觀禁軍那邊，卻個個嘻嘻哈哈，渾然不將眼前的「秀才」放在眼裏，能選拔入禁軍的，個個都是身材魁梧之輩，再加上不少人曾參與過剿滅方臘的戰鬥，有臨陣的經驗，當然不怕這些毛頭夥子。

統管虎衛營的都虞候也是個久經戰陣的傢伙，他略看了對方的陣列，便已經有了主意，將幾個都頭叫來，命令他們各自左右包抄過去，自己則親領一隊人正面攪亂他們。

這個戰術的優勢就在於能夠打亂掉校尉們的陣腳，一旦讓對方露出破綻，就可一鼓而定。

都虞候高舉著木刀，目光灼灼，屏息等待之後，對面的校尉隊列已經開始動了，他們的陣型仍是方陣，猶如整齊的木偶，教官喊一句：「一……」他們便往前踏進一步，喊到二時繼續踏前，不快不慢，仍然保持著整齊的隊列。

這是什麼打法？都虞候一頭霧水，可是當著皇上和諸位王公的面卻不能示弱，木刀向前一揚，高呼道：「弟兄們，隨我來。」

虎衛營頃刻間化為了三隊，中隊衝在最前，左右兩翼速度則是不快不慢，他們挺著木棍，霎那間，也多了幾分兇悍。

陛下觀戰，當然要盡死力，都虞候衝在最前，率先向校尉方陣發起衝鋒，冷風呼呼的刮面而過，這都虞候身形矯健，不斷增加奔跑的速度，眼看對方已越來越近，高呼大喊一聲：「不要丟了咱們馬軍司的顏面，殺！」

話音剛落，當先揮舞木刀衝入隊列，後頭潮水一般的中隊禁軍亦是緊隨其後，爆發出一陣呼喊。

「第一列，舉盾！」

嘩啦啦……一排木盾高舉起來，第一列的校尉立即縮入木盾之後，紮著步子做好了抵禦衝擊的準備。隨即……乒乓作響的碰撞聲傳出，以那都虞候爲首，蜂擁而來的中隊禁軍狠狠撞在盾上。

以這都虞候的構想，只需一個加速衝刺，憑著這些秀才的力氣，保準能將對方的隊列豁開一個口子。只是這一次衝擊，卻讓他的如意算盤落了空，舉盾的校尉竟是力氣不小，再加上後列的人用身體頂著他們的後腰，這一次撞擊，居然沒有起到任何效果。

都虞候冷笑一聲，已高高舉起了木刀狠狠地砸向木盾，大叫道：「刺開盾來。」

挺著木棍的禁軍士氣如虹，一齊爆發大喝，長棍猛地向盾列挺刺。

在對方早有防備的條件下，這樣的攻擊效果並不好，只有六七個趁著盾牌之間的縫隙刺中盾後的校尉，幾個校尉悶哼一聲，有的強力支撐，傷重的則是歪斜倒地，可是很快，後面的校尉立即頂替了傷者的位置，那衝擊開的幾個小口子又立即堵了回去。

都虞候的頭皮有些發麻了，這些人明明只是一群酸秀才，可是這份勇氣和魄力卻一點兒也不少，正在他恍神的功夫，校尉隊列裏的一個教官大吼：「第二列矛手，回擊！」

第一列的盾手立即拉開隊列的縫隙，趁著禁軍們一擊之後來不及喘氣的功夫，如林的長棍從盾牌的縫隙中猛刺出來。

這一下的效果豐碩，十幾個禁軍立即中傷倒地，禁軍沒有衝開對方的陣列，反而一時亂了自己的陣型，校場裏只聽到教官再吼：「再刺！」

「再刺！」

「格擋！」

「前進！」

「再刺！」

這一句句口令，彷彿是整個校尉隊列的中樞，一句再刺出來，便是如林長棍刺出，一句前進，隊列就毫不猶豫地跨前一步。禁軍們一開始還能勉力支撐，可是越打越是心寒，校尉雖然也有數十人中傷倒地，可是很快地就有後頭的人接替，整個隊形竟沒有一點的紊亂。

更讓人驚奇的是，按常理，一旦有人倒地，這種近戰的格鬥很容易讓人心理崩潰，明明這些人初上戰陣，卻是一點潰敗的跡象都沒有，只是隨著教官的口令而動作。

反觀都虞候帶領的中隊禁軍這邊，已有七八十人被刺而倒在地上，這個時候心理防線已經到了臨界點，眼看對方一步步前刺進逼，終於有人忍不住開始後退，有了第一個，就有第二個，不消片刻功夫，就已出現了潰退。

兩翼的虎衛營禁軍此刻也分別向校尉方陣的兩側發動進攻，可是校尉的方隊仍然沒有錯亂，從容反擊，各司其職；校尉們怎麼也擊不垮，中隊又發生了潰亂，兩翼頓時也轟然潰亂起來。

一開始還是鏖戰，到了後來就成了一邊倒的痛打落水狗，短短一炷香的交鋒，堂堂虎衛營除了被刺翻在地嗚呼痛叫的，全部四散逃開。

穩如泰山的校尉隊列仍然沒有凌亂，教官一聲令下，大盾及地，長棍高揚，又陷入了死寂的沉默。

靜若處子，動若脫兔。在火把的光線照耀下，一雙雙眼眸鎮定自若。

其實一開始，校尉們的心情也激動極了，初臨戰陣，難免會有些害怕，更何況他們的對手是高大魁梧的禁軍。

只是教官的口令讓他們迅速冷靜下來，口令一下，經過三個月的苛刻操練，校尉們反射動作地聽從號令，前進、格擋、突刺，四百人如一人。

戰陣之中變動頻繁，最大的忌諱就是組織渙散，就如方才的禁軍，開始時尚可，可是一旦進入戰鬥，便各自爲戰了，雖然偶有相互之間的配合，可是一旦遇到了頑強的對手，信心喪失之下，便立即發生雪崩似的潰逃。

三個月的操練枯燥而乏味，可是他們有了紀律，增強了體魄，學會了服從，每個人都是隊列中的一個分子，若是單挑放對，校尉或許還不是禁軍的對手，可是一旦是千百人的對陣，這支緊密的隊伍所向披靡，至少對付禁軍已是遠遠足夠。

看臺上的人還在沉默，有點愕然，有點無法置信，終於，有人情不自禁地叫了一聲好字，隨即暴雨般的掌聲傳了出來。

初出茅廬的小牛犢擊潰了大宋精銳中的精銳，換在從前，誰能相信，誰敢相信？可是今日，卻讓他們大開了眼界，只短短半炷香時間，禁軍就被摧枯拉朽地擊垮。

一陣陣喝彩聲傳來，瞬間將校場淹沒。

高俅的臉色暫態變得蒼白，他無論如何也想不到，堂堂虎衛營，竟是敗在一群小子手裏，當著皇帝的臉，他的面子該往哪裡擱？在趙佶心裏，一個昏聵無能的帽子是肯定的。

倒是晉王，霍然而起大聲叫好，還不忘神采飛揚地朝趙佶擠擠眼，道：「陛下，如何？臣弟說得沒有錯吧？」

趙佶挑了挑眉，在這無數的歡呼聲中，眼眸晶亮地望著校場裏的校尉，一時之間，卻是呆住了。

「文成武德……」趙佶輕輕地呢喃了一句，原本這一句只是阿諛之詞，這一點，連趙佶都有自知之明；可是現在，他彷彿看到了一點苗頭，燃起了一絲希望。

短短三個月，一群秀才就能對敵禁軍，假以時日，武備學堂的校尉會爆發何等戰力？開疆擴土，文治武功，其實對趙佶這種好大喜功的皇帝來說，同樣有著致命的吸引力，不過他終究還有自知之明，練兵……難，難如登天，大宋歷代以來，期待收復燕雲十六州的君王不勝凡幾，可是真正能從別人手裏討到便宜的，卻是一個沒有。難就難在練兵上，不管是西夏還是契丹，宋軍雖然裝備往往比之更勝一籌，可是比起兇悍的西夏和契丹人來說，卻往往力有不殆。

禁軍的糜爛，趙佶不是不知道，他心裏比誰都清醒，可正是因爲清醒，才抱著一副得過且過的態度，反正砸再多銀子也不過如此，又何必要花功夫去管？有這心思，倒不如多寄情山水，吟詩作畫更實在一些。

可是現在……趙佶看到了希望。

趙佶回眸看了太師一眼，語氣淡然地道：「蔡太師，武備學堂與契丹人相比如何？」

蔡京抬眼看了趙佶一眼，見這不輕易流露自己感情的皇帝臉上閃現出幾分激動的紅暈，連忙順著趙佶的心意道：「或可一戰。」

趙佶拍腿而起，道：「我大宋承平日久，是該革新武備了，這武備學堂的法子好，沈傲，你這一回立了大功！」

沈傲連忙正色道：「微臣不敢居功，武備學堂的籌建是陛下拍的板，學堂的祭酒也是陛下親領，要說功勞，應當是陛下才是。」

趙佶老臉一紅，沈傲這一句話看上去好像是溜鬚拍馬，可是在這背後，卻又有另一番深意。

趙佶呵呵一笑，道：「對，你說得對，這武備學堂，朕該更加關注才是，前些日子朕的心思沒在這裏，學堂能有此成績，朕心甚慰，下旨，兵部按國子監定例，每年撥付錢糧維持學堂的開銷，他們是朕的門生，不該委屈了他們，就按禁軍的定例給餉吧。沈傲，學堂裏還缺什麼？直接上疏即是，朕儘量給你方便。」

既然有了成績，身爲祭酒的趙佶又有了面子，對天家來說，物質上的支持已經算不得什麼了！

沈傲搖搖頭道：「暫時沒有。」

趙佶呵呵一笑道：「朕是祭酒，當然不能對自己的門生小氣了，你想到什麼，就上疏吧。」

說著再不理會高俅，獨自隨沈傲到宣武堂裏落座。今日的對陣，讓他大開眼界，忍不住抬頭看了正堂上掛著的一個匾額，上面是沈傲親自手書的「耀武揚威」四個字，趙佶便忍不住笑了起來，道：「這四個字不好，耀武揚威，太咄咄逼人了。」

沈傲道：「既是武備學堂，微臣倒是覺得這四個字正契合學堂的宗旨。」

趙佶不置可否，深深地看了沈傲一眼，道：「你這麼一折騰，想不到還真出了成效，你來和朕說說，你的操練到底有什麼用意？朕倒想聽聽。」

換作從前，沈傲上操練的奏疏，趙佶是懶得看的，他的心思完全沒有放在這裏，可是今日態度一變，又是興致盎然起來，招呼沈傲坐下，要聽沈傲到底有什麼靈丹妙藥。

「陛下，微臣並沒有什麼靈丹妙藥，操練的方法也簡單得很，都寫在了章程裏頭。」

「只是讓他們站立，列隊？」

「是！在微臣看來，讓學生去學習槍棒效用並不大，真正的百戰之師，應當是令行禁止，能忍常人所不能忍。微臣叫他們站隊列，其實是要讓他們學習服從，讓他們學會忍耐，陛下聽說過呆若木雞的典故嗎？」

趙佶微微頷首點頭，這個典故，他倒是有幾分印象，說的是有一位紀先生替齊王養雞，這些雞不是普通的老母雞，而是要訓練好去參加比賽的鬥雞。紀先生才養了十天，齊王就不耐煩地問：「養好了沒有？」

紀先生答道：「還沒好，現在這些雞還很驕傲，自大得不得了。」

過了十天，齊王又來問，紀先生回答說：「還不行，牠們一聽到聲音，一看到人影晃動，就驚動起來。」

又過了十天，齊王又來了，當然還是關心他的鬥雞，紀先生說：「不成，還是目光犀利，盛氣凌人。」

十天後，齊王已經不抱希望來看他的鬥雞了，沒料到紀先生這回卻說：「差不多可以了，雞雖然有時候會啼叫，可是不會驚慌了，看上卻好像木頭做的雞，精神上完全準備好了；而其他雞都不敢來挑戰，只有落荒而逃。」

沈傲在旁道：「這個典故告訴我們，活蹦亂跳、驕態畢露的雞，不是最厲害的。目光凝聚、紋絲不動、貌似木頭的雞，才可以戰無不勝。武備學堂四百人，人人都是呆雞，只需讓口令去告訴他們去做什麼，讓他們去服從什麼就可以了。」

所謂四百人如一人，典故就在這裏，每個人的心思都不一樣，每個人都有自己的想法，想法一多，就容易產生混亂，例如敵人強大，則士卒們則會產生逃跑的念頭，這個念頭一旦付諸行動，其後果是毀滅性的。

在沈傲看來，一支強大的軍隊，根源在於服從，大規模的戰爭，個人的力量何其渺小。可是當士卒能夠無條件的服從，那麼就能做到四百人如一人的境界。

沈傲最後結語道：「方才的對陣，不過是武備學堂一營的人馬來對付四百個禁軍而已，他們是四百，我們是一，四百人的合力破一個個禁軍，輕而易舉！」

趙佶哈哈一笑道：「如你所說，若是我大宋軍馬以十萬合而為一，能擊敗十萬個夏軍嗎？」

沈傲肯定地點頭道：「輕而易舉！」

趙佶目光閃動：「武備學堂你要多用用心，早知如此，開學的那一日，朕就該來看看，如此想來，反倒是冷落了他們。往後朕閒暇時也會過來，檢視武備學堂操練。」

沈傲等的就是這句話，雖說皇帝那邊把臺子搭起來了，可是畢竟學堂新開，再加上皇帝那邊並不重視，整個武備學堂有點姥姥不疼舅舅不愛的尷尬。如今有了宮裏的照應，算是真正落實了校尉們的待遇，再走出門去，堂堂正正地拍著自己胸脯說自己是天子門生也有了底氣。

身分的問題若是不解決，始終是一塊心病，今日趙佶這句話，算是最後拍了板。

趙佶是在子夜時分才從學堂回宮的，看客們也紛紛散去，學堂又陷入安靜，明日清早還要操練，一次對陣之後，校尉們雖然興奮，卻也疲倦不堪，一聲解散後，紛紛各回營房睡下。

第二日清早，大街小巷都流傳著昨夜的傳奇，一群秀才不費吹灰之力擊潰了禁軍，這樣的消息竟比人咬狗更聳人聽聞，因此傳揚的人興致勃勃，看到聽客們露出震驚面容，還忍不住誇張幾句，說虎衛營如何如何屎尿橫流，又說武備學堂校尉如何如何英勇不凡，直如天仙下凡，穿著金甲手握銀槍威風至極。

於是一個真實的經歷添油加工成了一個繪聲繪色的故事，此後這故事越來越離奇，從四百校尉擊潰三千禁軍！

這還算是臉皮比較薄的，遇到臉皮厚的，就硬生生地變成神話小說了，譬如五千禁軍將四百校尉團團圍住，剎那間，爲首之人武備學堂司業沈傲朝天穹一指，口裏高念：「急急如律令，疾！」天空雲層翻滾，烏雲蔽日，風沙四起，禁軍一時大亂，沈傲手持幡旗揮軍掩殺，禁軍潰不成軍。

離奇到這個份上，也算是編造者的厲害，偏偏還真有人信，甚至還有人信誓旦旦，說那一日趿鞋上茅房時，便看到夜空有一股金光祥雲落在沈家的宅邸，這沈傲是文曲星，能引天兵來助陣的。

茶坊之間的版本固然離奇，飽受士林不屑，可是士林之中也有自己的流言蜚語，無非是說沈傲洞悉兵法，設下十面埋伏之策，又如何故布疑陣，隨即驅軍掩殺，禁軍大潰云云。

以文入武，雖惹起了不少士林非議，可是到這個時候，攻訐者也漸漸消停了。大宋以文立國，讀書人本就有一種超然的地位，自視甚高是自然的。只是有一樣卻讓讀書人辯駁不出來，他們固然可以說修身齊家治國平天下，可是若說打仗，卻往往受人嘲笑，秀才遇上兵這個典故已給他們貼上了標籤，所謂手無縛雞之力是書生，叫他們動動腦子可以，可是讓他們去和武人對陣還真難為了他們。

如今讀書人又多了一樣可以吹嘘的本事了，都說讀書明志，這讀書還能練武呢，先讀書再入武，那叫磨刀不費砍柴功，所以說，讀了書才可以算是真正的人，至於那些莽夫，便是有千斤之力又能如何?行軍打仗，那也是要用腦子的。

武備學堂的校尉很符合讀書人心目中的儒將形象，允文允武，那才叫真正的風流；其實在讀書人心裏，也並不是完全貶低武夫，比如那武聖關羽，比如韓信，還有那英姿勃發的周瑜，這些人都算是讀書人偶像；只是他們心目中的武，大多是閒時捧春秋，上陣舉大刀罷了。

正如蘇相公所作的那首名詞一樣：「羽扇綸巾，談笑間，檣櫓灰飛煙滅。」如此丰姿，不知羨煞了多少人。

沈傲當然知道形象的重要，校尉這個文武結合的怪胎若是不注重包裝，非但對武備學堂將來的招生有影響，便是對校尉們將來的待遇也影響深遠，問題鬧到一定的程度，就是政治問題了，士林能不能接受這個新事物，才是最為緊要的。

於是邃雅周刊連發了幾期議論武備學堂的文章，多是一些頌揚之詞，說只有讀書人從了軍，國家才能強盛，這種依此類推的道理，寫起來實在太容易，無非是引經據典，旁徵博引的事，不費功夫，可是影響卻是巨大。和陸家車行合作之後，邃雅周刊周銷量已高達二十萬份以上，如此大的銷量，影響也十分巨大，反應自然不同。

到了第二天，在清早的操練之後，馬軍司那邊便將都虞候黃安送了來，周恆親自拿著鞭子，當著眾人的面狠狠地抽了他二十鞭子，沈傲才慢吞吞地站出來訓了幾句話，這才心滿意足地讓校尉們用餐。

沈傲是個坐不住的人，武備學堂步入正軌，他的精力也就不願意多放在這邊了，在家歇著偷懶了幾日，恰好陸之章那邊正式成親，沈傲去祝賀了一下，現在翰林圖書院設立下來，陸之章被聘爲圖書院侍講，好歹有了個官身，鄧家那邊也就滿意，喜滋滋地把女兒嫁了出去；只是沈傲隨人去鄧家接鄧家小姐時，頗有些尷尬，饒是他臉皮再厚，看到那修葺之後的鄧府還是忍不住咂了舌。

倒是那鄧家三兄弟沒有怪罪的意思，說實話，巴結都來不及了，哪裡敢怪罪，只恨不得這鄧家小姐乾脆嫁到沈家去才更滿意。

眼看就要到年關，沈傲入宮去給太后問安，被趙佶叫了去，趙佶問他年關有什麼安排，沈傲只說走親訪友，趙佶搖頭：

「每到年關，朕卻是一點都高興不起來，一到這個時候，總有數不清的規矩，壓得朕都要喘不過氣，倒是你好，還有親友可訪，朕除了百官在初六那日進來問個安，便被禁足了。」

沈傲呵呵笑道：「陛下坐擁萬里江山，還有什麼不滿足的，再者說了，這年關，我也怕過，禮節太多，認識不認識的都要跑來湊趣，煩得很。」隨即腦中靈光一現，道：「陛下，我倒有個主意，不如年夜的時候，陛下乾脆頒旨意出來，說要與民同樂，在正德門的城樓與百姓一起過年如何？」

「與民同樂？」趙佶亦是隨即眼前一亮：「你繼續說。」

「可以安排些節目，譬如叫人放花燈，放煙花，對了，武備學堂那邊也可以出力，不如叫他們在正德門前的御道上走這麼一圈，既有炫耀我大宋武功的意思，另一方面，也可讓百姓們看看咱們大宋的武備，再者說了，陛下就只是當看個熱鬧也是好的。陛下若是能點個頭，武備學堂的校尉一定也會雀躍，他們是陛下的門生，年關那一日讓陛下檢閱，精神勁也足。」

趙佶拍著他的肩道：

「這樣的主意虧你想得出來，朕知道，你又是想借機去宣揚你的武備學堂了。」

雖然一語道破了沈傲的居心，趙佶還是認真考慮了一下：「太后那邊得讓晉王去說，她那裏點了頭，朕再下旨意。」

沈傲出了宮，這件事也沒有聲張出去，等宮裏有了準信，才肯透露。

回到家裏，恍然想起早先曾許諾過陪夫人們趕今日的廟會，在宮裏聊得投機竟是忘了，這個時候正是下午，時間還來得及，沈傲便攜了家眷前去夫子廟那邊。

汴京的夫子廟距離國子監不遠，沈傲從前也是經常和同窗去那兒玩的，對那裏熟得很，靠近夫子廟的時候，前頭的街巷就已經堵住了，馬車過不去，便讓劉勝在這兒守著車子，帶著三個夫人和兩個長隨下車，一起扎入了人群裏。

此時年關將至，所以各家都著緊採買年貨，貨郎也急著將手頭裏的存貨販賣出去，趁著今日這個廟會，購貨的購貨，傾銷的傾銷，因而雖是寒天，人流卻是較之平常的廟會多了許多。

沈傲怕被人擠散，又怕有人占夫人們的豆腐，瞻前顧後，很是不爽；心裏便腹誹：原來古代沒出閣的女子儘量少出門也不是沒有道理，真是世風日下，禽獸何其多也。

好在他帶著幾個孔武有力的長隨，這些長隨保護起主母來倒是賣力得很，有人靠近，立即毫不客氣地將人推開，很有幾分跋扈。這些也根本不必沈傲去教，這些長隨自然而然地生出了驕橫之心，宰相門下一條狗，也抵得上個七品官。

沈傲不是宰相，可是聲勢駭人，巴結的人不在少數，就算是不巴結的，也萬萬不敢得罪，平時有些官員到訪，就是對門房也都是態度恭謙之極，慢慢地，這些人在府裏頭雖然不敢顯現出什麼，可是到了外頭卻也有幾分威風。

換作是從前，沈傲難免呵斥他們幾句，可是今日這個情況，沈傲只好作罷，好不容易到了夫子廟這邊，門口的人終於冷清了，商販和百姓都不愛到這兒來，除了一些讀書人進來逛逛，大致有些門可羅雀的意思。

沈傲呼了口氣，正要踏入夫子廟裏頭給孔老爺上炷香，雖說沈傲也不信聖人什麼玩意，就算有聖人，人家聖人的學說也早就被後世的大儒們改了個面目全非，可是沈大才子好歹借著人家的名義招搖撞騙了這麼些年，過門不入有點不好意思。

只是這廟門前卻有七八個精悍的人抱手守著，看到沈傲等人要進去，頓時警惕起來，也不知是沈傲看上去像個書生，或者因爲帶了家眷的緣故，幾個人相互使了個眼色，卻沒有爲難他們，放了他們進去。

沈傲一邊扶著蓁蓁跨進去，一邊心裏頭暗暗奇怪，孔老聖人最近莫非是也開堂口了？居然還有把門的？

進了廟裏，沈傲先讓長隨帶著夫人們到後堂的茶座裏歇一歇，自己捏著一炷香見過了諸位先賢，便也抬步向茶座那邊去。

所謂的茶座，其實並不供奉茶水，只是供人歇腳罷了，不過既是孔廟，當然不能落入俗套，牆壁上琳琅滿目的都掛著往來學子的題詞、題詩。

沈傲先是進了一間外閣，還要繼續往前走，他對這裏頗爲熟悉，知道裏頭的茶座更是雅致，只是到了門口，卻被兩個魁梧的壯漢攔住了，其中一個沉色道：「裏頭已經有人了，兄台請到外間歇著。」

夫人們帶著長隨過來，沈傲正待開口，後頭的長隨忍不住呵斥道：「這又不是你家的，就算裏頭有人，莫非我家少爺就不能進去？」

壯漢抱著手，瞥了青衣小帽的長隨一眼，道：「請回！」

沈傲笑了笑，見這幾個壯漢不像是尋常的下人，也不願生事，擺擺手，制止還要糾纏的長隨道：「我們到外間去坐吧。」

正是這個時候，估計是裏頭的人聽到外面動靜，掀開簾來，這人忍不住叫了一句：「沈寺卿。」

沈傲回眸，掀簾之人玉樹臨風、身材修長，臉上帶著莞爾的笑容，沈傲不由苦笑，立即折身過去給他行禮：「原來是三皇子殿下，下官有禮。」

這人正是三皇子趙楷，算是沈傲最怕遇到的人之一，他雖然胡鬧，也喜歡鬧出點事來，唯獨有一樣事不敢去碰，那就是皇子，皇子這東西害人害己，是最容易出事的，所以平時和趙楷遇到，雖然也會說幾句話，卻大多都是客客氣氣，很是生分。

趙楷呵呵一笑道：「想不到今日在這裏撞見，啊，原來諸位夫人也來了。」說罷便呵斥門口的壯漢道：「沈大人帶家眷來，自然該請她們到裏間，我們到外間就好了。」

說著踱步出來，請蓁蓁幾個進去，熱情地對沈傲道：「還以爲沈大人掌著武備學堂和鴻臚寺一定忙得很，想不到也有這樣的雅致。」

二人分別在外間靠窗的地方撿了個位置，推開窗來，恰好可以看到圍牆裏頭幾株梅樹綻放花朵，沈傲笑呵呵地道：「我這也是特意偷個懶，倒是讓殿下瞧見了，實在慚愧得緊。」

第一八〇章
皇子之爭

如今儲君未立，各方都在角逐，

沈傲雖然沒牽涉進去，卻知道這朝裏頭已有不少皇子結黨了，

這些皇子各個心懷鬼胎，大家都在盯著對方，

就等別人露出破綻，到時再拉幾個言官去彈劾，其後果可想而知。

趙楷淡然一笑，他手裏搖著一柄象牙扇子，在這大寒天裏搖扇卻沒有一絲矯揉造作的成分，彷彿這扇子和他天生就該相互映襯一樣。他看了沈傲一眼，似乎在想著更好的措辭，倒是沈傲率先問道：「不知殿下到這兒來做什麼？莫非也是來逛廟會嗎？」

趙楷道：「這倒不是，今日約了幾位皇兄、皇弟來這裏坐坐，我們做皇子的，可沒有沈兄這般的自在，雖住在汴京，可是汴京城裏多數地方卻都沒有去過，也不認識。好不容易有個出來的機會，倒是這夫子廟最是熟稔，便將聚會的地點選在了這裏。」

沈傲聽了，便道：「既如此，那麼沈某人該回避一下，省得叨嘮了你們敘話。」

說著就要站起來，打算起身進裏間請夫人們出去逛逛，趙楷連忙道：「沈兄何必急著走，再坐一坐罷，大皇子你是認識的，老八和祁王也都見過面，又不是生人，有什麼好回避的？祁王還經常提及你呢，說是你的畫作得好，一直想向你討教。」

沈傲走不脫，乾笑一聲道：「見笑，見笑。」

皇子們躲在這裏聚會，對沈傲來說還真稀罕得很，不過隨即一想也就釋然了，平時這些人有千萬隻眼睛盯著，屬官們又看管得嚴，今日恰好旬休日，屬官們放假，等於是連皇子的假也一併放了，王府裏頭耳目太多，做個什麼事都有詹事府和大宗正院管著，這日子過得憋屈得很，相約出來透透氣倒也算不得什麼。

汴京城裏的王爺分為兩種，一種是輩分高的，如晉王、齊王，和當今天子是同輩，有的甚至還是皇叔，這些人大多成了老油條，愛怎麼玩怎麼玩，只要不涉及謀反，屬官們也不敢管著。

只是另一種就不同了，最慘的就是這些皇子，陛下健在，經常要詢問功課，那屬官是不敢怠慢的，生怕宮裏來問，所以看得很嚴，別看這些屬官在皇子面前一個個低聲下氣，可是轉眼他們就把事兒報到大宗正院去，大宗正院都是甩手掌櫃，也不會派人來申飭，都是直接上疏，反正別人管不了你，讓你爹親自來管吧！

如今儲君未立，各方都在角逐，沈傲雖然沒牽涉進去，卻知道這朝裏頭已有不少皇子結黨了，所以大家都在盯著對方，就等別人露出破綻，到時再拉幾個言官去彈劾，其後果可想而知。

只是這些皇子躲過了屬官出來私會，明明各個心懷鬼胎，到時見了面只怕又是一番勾心鬥角。

沈傲不願摻和進去，正準備說幾句告辭，外頭已經傳來動靜，七八個人傲慢地踏步進來，率先進來的是大皇子趙恆，趙恆穿著一件尋常的衣衫，刻意地低調，一張平庸的臉與趙楷相襯，顯得黯然失色了許多。只是他的氣度比之趙楷有過之而無不及，眼眸深邃的背後，有一種讓人避之不及的冷漠，一種孤傲的冷漠。

之後進來的人有大有小，其中一個飛快地奔過來，率先與趙楷寒暄。這人是莘王趙植，趙植是趙楷的同母弟，與趙楷的關係自然不同，接著另一個皇子也過來熱絡行禮，此人是祁王趙模，這二人顯然與趙楷關係是最好的，至於其他幾個，都只是朝趙楷點頭致意，蜻蜓點水般地意思意思。

大皇子趙恆也含笑踱步過來，熱情地握住趙楷的手道：「老三近來更顯精神了，一月未見，風采更甚，哈哈，來，大家都是兄弟，都來坐下說話吧。」

趙楷坦然笑道：「皇兄這般說倒是在打趣我了，是故意說我在王府裏偷了懶，才長了幾斤髀肉嗎？」

眾皇子都笑了，卻無一人理睬沈傲，尤其是那大皇子趙恆，和沈傲也算是打過幾次照面的，經過他身側時，卻是連眼睛都不落在他身上。

沈傲與趙恆也算是冤家，這件事真要追究，卻又是一筆糊塗賬。只是趙恆不理會他，沈傲也不願和他招呼，只是笑吟吟地朝皇子們見過了禮，便道：「諸位皇子在這兒好好地玩，下官就此告退了。」

趙楷要挽留，便是那祁王趙模和莘王趙植也都拉住沈傲，趙模道：「沈大人這一趟往哪裡去，平時見你比見父皇還難，怎麼我們來了，沈大人卻要走？不准，不准，待會兒我們還要請教你作畫呢。」

趙植也跟著道：「對，不能走，這一去，又不知什麼時候能撞見。」

這三個皇子阻攔，另外四五個皇子卻都一個個坐著，表情不一，卻沒人攔著，臉色都有些冷然，尤其是趙恆，眼中閃過一絲傲慢，彷彿就等著沈傲走了清靜。

這一邊要走，那邊在勸，尤其是那趙模，趙模年紀較小，剛滿十五歲，拉著沈傲竟是要起賴來。

沈傲心裏想：「這趙模是不是受了誰的指使，一定要我蹚這趟渾水？」

沈傲深望趙楷一眼，還要拒絕；這時大皇子趙恆卻突然懶洋洋地道：「沈大人還是不必急著走了，既然來了，這個時候回去也不好，不知道的人還以爲我們不歡而散呢，正好，這廟裏的廟祝和沈大人是老相識，不如叫他來陪沈大人說說話吧。」

老相識？廟祝？沈傲一頭霧水，看到趙恆那副似笑非笑的樣子，他心裏一橫，他娘的，老子還真不走了，倒要看看你玩什麼花樣；接著便大喇喇地坐下，撣撣身上的灰塵，呵呵笑道：「認識下官的人多了，可是下官認識的人卻不多，不知大殿下說的是誰？」

這一句話很有擺譜之嫌，讓靠著趙恆坐的幾個皇子忍不住皺起眉頭，趙恆哈哈一笑，對外頭的人吩咐道：「來，去請王相公來。」

王相公……

沈傲突然想起了一個人，不由地啞然失笑，說起來，他所認識的那位王相公還真算是他的老相識，自從上一次那傢伙逃了，便在汴京城裏消失匿跡，沈傲還以爲他已亡命天涯，天知道他怎麼和大皇子攪在了一塊。

過不多時，一個儒生打扮的人進來，果然是王相公無疑，這王相公先是朝眾位皇子分別行禮，態度懇切之極，最後目光落在沈傲身上，瞥眼去看了一眼大皇子，才不徐不慢地道：「沈大人，我們好久不見了。」

沈傲呵呵笑著看著他，卻不離座起身，坐在椅上笑呵呵地道：「是有些日子不見了，怎麼？王相公好端端一份有前途的工作不去做，怎麼跑到這兒做了廟祝？廟祝……」

他咬著唇，品評道：「孔廟的廟祝可不好當，連末流都不算，又沒有香火錢，與其如此，不如我介紹你去靈隱寺，那裏的香火錢可不是孔廟能比的。」

大皇子趙恆冷笑道：「沈大人的面子倒是不小，竟是通到和尚廟去了，噢，本王想起來了，沈大人是大理寺卿，那和尚尼姑的度牒也是歸你管著吧？也難怪父皇如此看重你，外事、和尚、武備沈大人都是行家，這大宋的家早該讓你當起來才是。」

沈傲哈哈笑道：「大殿下謬讚，沈某人哪裡敢當。」

王相公討了個沒趣，怨毒地看了沈傲一眼，便站到趙楷跟前去。

這些個皇子其實都是成了精的人物，明嘲暗諷、勾心鬥角的話語接連不斷，沈傲到了後來，乾脆就不說話了。足足坐了半個時辰，趙恆起身離座，道：

「天色不早，我要告辭了，兄弟之間我也不講客套，諸位若是不急著回去，就在這兒再坐一會。明日我要進宮去，父皇要問及諸位皇弟的功課，少不得要給自家兄弟多說幾句好話了。」

說到入宮，趙恆臉上帶著幾許期待和得意，只是這得意很快消逝，又是忠厚地對趙楷道：「三弟，我近日得來一幅好畫，本來嘛，是想獻給父皇的，想了想，還是將它送了你吧，咱們這些兄弟受父皇浸染，愛畫的人不少，唯獨咱們三弟最有出息，上次父皇還褒獎說三弟得了他七分真傳呢。」他哈哈一笑，揚長而去。

除了祁王、莘王，其餘諸王聽到七分真傳四個字，臉色頓時變得異樣起來，眼眸瞥在趙楷身上多了幾分不滿，其中一個年紀較小的魯王性子直接，低聲咕噥道：「這又算什麼？不就是會賣弄！」

說著，幾個王爺也都拱拱手，道了一聲告辭，魚貫走了。

屋子裏頭只剩下趙楷、祁王、莘王和沈傲，趙楷方才聽到那個小皇弟的咕噥，臉色如常，一副渾不在意的樣子地搖著紙扇，反倒是祁王趙模待人一走，狠狠地拍了下桌子，咬牙道：「大皇兄是越發不像話了，這不是擺明著挑撥離間嗎？」

莘王趙植道：「九皇子也不是個好東西，那句話擺明了是要說給我們聽的，賣弄？

他倒是去賣弄看看，平時在父皇跟前，也沒看他憋出個屁來。」

趙楷勸道：「他們說他們的，沈大人還在這裏呢，你們別把沈大人嚇跑了。」

他這一說，眾人便笑了起來，沈傲只好咳嗽著掩飾尷尬。

四人重新落座，祁王趙模和莘王趙植仍舊憤憤不平，趙楷卻還是含笑著搖扇對沈傲道：「沈兄和那王相公是老相識？」

沈傲道：「算不上什麼老相識，只是照過幾次面。」

趙楷飽有深意地道：「此人的書畫不簡單，又極擅長模仿顧愷之等名家的畫作，據說鑑寶之術也厲害，這一次蒙大皇兄垂青，是準備要引薦給陛下了。」

沈傲只是笑了笑，道：「這和我有什麼干係？」

趙模忍不住道：「一山不容二虎，沈大人要小心了，陛下若是看重了他，說不準將來又是個幸臣。」

沈傲便明白了他們的意思，大皇子引薦王相公，這個王相公水準並不比沈傲要低，若是真能揣摩皇帝的心意，那可就不妙了。大皇子和沈傲之間有嫌隙，這王相公是大皇子的人，沈傲和王相公又有宿怨，到時候少不得又是個麻煩。

只是趙楷如此說，卻有點兒挑撥離間的意思，沈傲心裏腹誹，娘的，老子挑撥了別人一輩子，今日倒是被人離間了。

趙楷見沈傲一臉吃癟的樣子，很真摯地道：「沈兄，實話和你說了吧，你我也不必見外，父皇那邊老早就想著得到一幅《女史箴圖》，可是派人四處去尋訪，卻始終尋不到真跡。倒是有一幅隋時的摹本，卻失了顧愷之的神韻。」他頓了頓，繼續道：「這一次，大皇子便是想讓這王相公摹出一幅《女史箴圖》來，趁著新春佳節呈入宮去。若是他真能摹出顧愷之的神韻，父皇容顏大悅，一定會召他入書畫院的。」

趙植附和道：「沈大人，三皇兄的意思是，我們不能讓大皇子占了先機，他王相公能摹，你沈大人難道不能？早就聽說過沈大人作舊和臨摹的本事厲害，何不如以假亂真，讓大皇兄見識見識你的厲害。」

沈傲白了他一眼，道：「說得容易，要作舊，紙張、筆墨都要精挑細選的。」

趙植哈哈笑道：「沈大人說笑了，你這鴻臚寺寺卿撈了多少油水，咱們會不知道？這點錢也要計較？好罷，你只要點了頭，這些東西我來替你備好。說實在的，我只是看不過大皇兄巴結父皇的那副嘴臉罷了，天天一副老實忠厚的樣子，其實心思最多的就是他。」

沈傲想了想，也不願看到那姓王的入書畫院，再想到方才大皇子那般傲慢的樣子，心裏想：「給我臉色看？哼，到時候就看誰笑到最後！」沈傲屬於那種打定了主意就天不怕地不怕的人，管他什麼皇子，反正該得罪的也得罪了，倒不如得罪個痛快。

外，咱們一損俱損。」

想罷，沈傲拍案而起：「好吧，這事兒就定了。不過事先說好，沈某人這麼做既是爲了自己，也是爲了諸位殿下，到時候大皇子那邊發了雷霆之怒，你們也別想置身事外，咱們一損俱損。」

趙植、趙模信誓旦旦地連忙保證，又說大皇子算個什麼，在父皇面前也不見得寵，憑著的也就是早出世的身分罷了，大家同舟共濟，打他個落花流水。

趙楷沉聲道：「沈大人難道不知道，你我早已是同船之人了？你和衛郡公的關係，掙得脫嗎？」

衛郡公石英的長女所嫁之人就是趙楷，石英若是沒有小算盤那是騙人的，沈傲點了個頭道：「有三皇子這句話，我也就放心了。」

帶著夫人們從孔廟裏出來，沈傲還是有點兒莫名其妙，他媽的，轉悠了一圈，哥們就成了三皇子黨了，這冤不冤啊！真是莫名其妙！

不過三皇子和沈傲確實頗有淵源，兩個人平時雖然不走動，卻總有一種藕斷絲連的聯繫；回避了這麼久，以沈傲如今的權勢，想要作壁上觀奪嫡的遊戲只是空想，趙佶雖然身體正健，再活個二十年不是問題，可是皇子們都長大了，今天不跟著三皇子去打醬油，沒準兒將來大皇子上位，沈傲的日子也不好過。

回到府裏一夜無話，第二日清早，趙植便捋著袖子興沖沖地來了，說是趙模那邊被叫進了宮，來不了，他把筆墨送了來。

沈傲拉著他，白了他一眼，道：「有筆墨紙硯，怎麼能沒有紅袖添香？」

趙模瞪大眼睛道：「紅袖添香做什麼？你這是作畫，又不是狎妓，莫非還要請教坊司的歌女來吹拉彈唱？」

沈傲眼眸幽幽，無比端莊地道：「你這就不懂了，李少白喝酒才能作詩，沈大才子有紅粉佳人才肯作畫的，這叫情調，教坊司我還真沒有去過，殿下不如帶我去見見世面吧！」

趙模嘻嘻地笑道：「你這是徇私，教坊司我是不能去的，那些言官看得太緊，明天必定會報到父皇那裏去，又說我不務正業了。」

沈傲屁股一坐，翹起腿來：「那算了，我自己慢慢醞釀情緒，你過個十天半個月再來。」

趙模拉著他的手臂道：「沈兄，你是朝廷重臣，怎麼能耍小孩子脾氣，過了十天半個月，這年關都要到了，再作就遲了。不若這樣，本王權當吃虧，來做你的紅袖，給你添香好不好？」

沈傲噁心地想吐：「你想得美。」

趙模廝磨了一陣，沈傲只好帶他去書房，鋪開紙來，趙模要去磨墨，沈傲想起那一句紅袖添香，立即生出警惕：「殿下且慢，這墨還是我自己來磨，你在邊上看著就好。」

趙模樂得清閒，拉了個小凳子來坐在一旁，嘻嘻哈哈地道：「那我作壁上觀。」

沈傲提起筆，那幅女史箴圖他在後世就曾看過摹本，在這個世上，流傳出來的各種摹本也是極多，所以整幅畫的佈局和結構都已爛熟於胸。

只是顧愷之的這幅圖，幾乎代表了顧愷之的全部成就，其意存筆先，畫盡意在的神韻天下無人出其右；更爲神奇的是，尋常的畫師，就算偶得了神韻，可是難免在畫筆的功夫上欠缺了幾分細密。顧愷之卻是不同，他的這幅圖非但筆跡周密，筆線緊勁連綿如春蠶吐絲，可謂是天下名畫中之集大成者。

模仿這種畫，既要注意畫法，更要兼顧到神韻的刻畫，最難之處還是佈局。一個最好的畫師，往往在佈局方面極其精湛，而若是不懂得佈局，便是再厲害的筆功也只落了下乘。顧愷之的佈局之妙，在於他的思維往往能想常人所不能想，偏偏又妙到了極點，比如那幅《女史箴圖》更是讓人一看便忍不住拍案叫絕。

臨摹佈局是最難的，尋常人能有個七分神似，就已是集大成了；再要有進步，除非日夜揣摩，不斷地去體會。沈傲蘸墨，卻是一時下不了手，明明有了一點感覺，卻有一種不知該從何處下手的遲疑；他皺起眉，又陷入沉思，完全沒有理會一旁的趙模。

一個時辰很快過去，眼看到了飯點，沈傲卻仍是隻墨未蘸，一旁的趙模忍不住道：「沈兄，你到底畫不畫啊？」

沈傲嘆了口氣，拋下筆去，道：「不行，先去吃飯，晚上再畫吧。」

趙模顯得有些沮喪：「原來畫摹本也這麼難！」

沈傲收起筆墨，笑呵呵地道：「畫摹本是不難，可是要做到以假亂真，與真跡一般無二的境界就不容易了。」

趙模的眼睛一亮：「與真跡一般無二？沈兄不是說笑吧？」

沈傲板著臉道：「誰和你說笑。」

沈傲拉著趙模去後園裏吃飯，趙模這種宮裏成長的孩子最是乖巧，見了蓁蓁她們，一口一個姐姐地叫，讓蓁蓁、若兒、茉兒忍不住笑，趙模又誇起嫂子們國色天香，很會來事，好在他只算是個半大的孩子，若再長個幾歲，沈傲早就要揍他了。

說起來，趙模和周若還連著親，於是和周若格外親近，信誓旦旦地說要從後宮裏取幾樣潤膚油來給她們用，飽受冷落的沈傲用筷子敲他手背道：「殿下，吃飯。」

「噢，吃飯。」趙模立即垂頭扒拉著飯菜，突然抬起頭來道：「沈兄，你都成婚了一年，怎麼還沒有孩子？」

餐廳裏暫態靜謐無聲，沈傲尷尬地咳嗽一聲：「這個……」

三女臉色也帶有幾分異樣，又羞又有點兒觸動了心事。

「沈兄也不必怕，太醫院那邊有藥方的，你若是那個……那個，就從那裡把方子討來，哈哈，保準你比我父皇還厲害。」

沈傲黑下臉來：「好好的吃你的飯，哪裡有你這麼多事，再廢話，我要翻臉了！」

趙模嚇了一跳，再不敢吱聲了。

沈傲心裏也是奇怪，自己沒有問題啊，怎麼還沒孩子？三個夫人也都沒動靜，若說沒問題，那運氣也太差了吧，不行，以後要加把勁，要勤能補拙才行。

用過飯，沈傲把趙模又拉到書房去，這一次提筆倒是有了些感覺了，小心翼翼地落墨到畫紙上去，鬆了口氣，隨即筆轉龍蛇，慢慢地勾勒筆線。

趙模見沈傲動了筆，興致勃勃地在旁負手看，一點也不敢吱聲。

不知不覺，沈傲停下筆，目光始終落在畫上，慢吞吞地道：「成了。」

早已疲倦不堪的趙模伸頭去看，忍不住驚嘆道：「比父皇收藏的那幾個摹本還要好呢！只要作了舊，以假亂真是足夠了。」

這傢伙眉飛色舞地圍著畫左看右看，試圖找出破綻，卻尋不出瑕疵，心裏就憋了一股氣，明明知道是贗品，非要尋出個漏洞不可，可是足足瞪了半炷香，也找不到臨摹的絲毫痕跡，忍不住嘖嘖稱奇起來。

沈傲點了點頭，作舊說難也難，說易也易，比如最尋常的煙熏法，其他人熏出來，難免會有痕跡，可是沈傲用同樣的法子，作舊出來的卻是不同。畫紙熏過之後，還需用老畫上的裱褙紙泡水染製，雖然都是平淡無奇的方法，出來的效果卻是不同了。

趙模很是激動，道：「再曬兩日，連我都分辨不出來了。」

沈傲疲倦地扭動著手腕，道：「天色不早了，王爺先回去吧，這畫兒是沒問題的了。」

送走了趙模，沈傲回到蓁蓁房裏倒頭就睡，蓁蓁輕擰了他一把，道：「夫君是不是該去太醫院討要個方子來，我看那小王爺說得也……」

話說到一半，沈傲已打起了呼嚕，蓁蓁嗤笑一聲道：「你裝個什麼。」

沈傲突然張眸，促狹地笑道：「靠方子是不行的，還得靠爲夫勤勉不輟。」

說罷，沈傲翻身過去伏到蓁蓁的身上，房間裏充滿著無邊的春色。

第一八一章
春光乍現

他所說的儀表，是安寧提起裙裾時一不小心露出了一小截粉嫩的腿，他不提醒還好，一提醒，沈傲一雙眼睛盯在那蓮膚藕肢般的小腿處。安寧臉上飛上一抹緋紅，立即放下裙裾，將那乍現的春光徹底掩蓋。

第二日清晨起來，晨陽和煦的透過紙窗，將整個臥房照得光亮，沈傲起床漱口，先是騎著馬去武備學堂看看，剛到了門口，卻是說有聖旨下來了。

宣旨意的太監剛走，宣武堂裏已有不少主簿、教官正在商量著這事，沈傲進去，眾人神采飛揚地道：「陛下方才下了旨，要在年夜那一日檢閱武備學堂。」

沈傲並不覺得意外，喝了口茶，慢吞吞地道：「武備學堂的前程就看這一次了，都打起精神來，狠狠地操練，給陛下和汴京的百姓們看看武備學堂的真正能耐。」

這個消息傳出去後，原本叫苦不迭的校尉們都不叫苦了，雖說操練加重了不少，卻個個喜笑顏開，上一次在皇上面前顯擺了一下，臉上增光不少，連家裏捎信來都是大力勉勵；尤其是不少秀才，來入學之前，也有不少的人勸說，說是好好的一個秀才，去從什麼戎，走了武夫，哭都來不及；雖說教諭那邊說得天花亂墜，可是鄉紳和學裏都不看好，聽到有人去就搖頭，反正沒一個說好的。若不是抱著一絲希望，實在走投無路，科舉無望，又不願去學館教書，還真沒有人肯來。

可是現在不同了，校尉們的身價見漲，朝廷那邊的意思是按著國子監的定例來辦，這就等於是校尉與監生看齊了，兵部那邊又撥付了銀錢，這「天子門生」四個字落到了實處，再加上士林議論對武備學堂的改觀，這校尉一下子變得炙手可熱起來。所以這幾日操練的勁頭足了不少，叫苦的也少了許多。

就是那些學堂裏的教頭、教官，也像是一下子打了雞血，先前有人對沈傲操練的方式抱有懷疑，可是那一次對陣後，完全改觀；再加上也漸漸覺得有了前途，因此更有勁頭。

被點選來武備學堂的教頭、教官，沒幾個混得如意，原以爲到了這武備學堂，一輩子算是再無希望了，本以爲是有人故意作梗，要將他們打發到汴京去眼不見爲淨，可是如今有了聖眷，簡在帝心，連這教頭都變得炙手可熱，至少這待遇上是向國子監博士看齊，那也是了不得的事了。

接了旨意，沈傲打起精神，著急地和博士、教頭們開了會，制定了新的操練時間，又探討了學務，便入宮去打聽風聲，這校閱到底是怎樣的辦，還得宮裏拿章程，畢竟這事和與民同樂是連在一起的，禁衛在哪邊，校尉們往哪裡過，百姓們在哪裡，這都要立下規矩。

這幾日趙佶也很煩心，過年的事，他這個天子是最忙碌的，死囚要勾決，祭祀太廟的章程要敲定，功考司那邊也要翻閱，還有戶部那邊錢糧的開支，這些都是不能耽誤的事，想偷懶都不行。

沈傲覲見時，趙佶正握著朱筆，看著勾決犯人的名單發愣，他這個皇帝性子有點兒多愁善感，所以勾結犯人對有些君王來說，不過是按著規矩來辦的事，基本上是殺一批留一批，憑的全是運氣。而趙佶不同，他得一個個看死囚的罪行，生怕自個兒一不小心塗炭了生靈。

由此便可以推斷，趙佶是個好人，但不算什麼好皇帝。國家大事上，他能躲就躲，爲了滿足自己的私欲，不知讓多少生靈塗炭，可是在這些旁枝末節上，他卻又處處留心。

其實癥結還是歸咎於人心上，趙佶要花石珍寶，下頭的人去辦就是了，他是眼不見爲淨。可是勾決犯人，相當於直接殺人，反倒他讓格外的慎重。

這種性子，沈傲是最清楚不過，笑呵呵地向趙佶行了禮，趙佶擱下筆，嘆了口氣道：「你坐下，朕這裏正有一件事踟躕不下。」頓了一下，繼續道：「英州那邊有個死囚，誤殺了自己的丈夫，刑部那邊定下的是秋後問斬，說是夫爲妻綱，妻子殺夫，是違背倫常，雖是誤殺，卻罪無可恕。這案子斷得倒也沒什麼錯處，只是朕有心赦了那死囚，改個充放爲奴也就罷了，你怎麼看？」

沈傲道：「當然要赦，既是誤殺，依微臣看，賣了爲奴也不好，倒不如直接赦了，妻子失去了丈夫，本就是一件痛苦的事了。」

趙佶哈哈一笑，道：「朕以爲只有朕心軟，想不到你也如此。」心情略好了一些，又道：「今次這個年，朕這裏也不好過，要怪也只能怪你。」

沈傲愕然，憤憤不平地道：「陛下，怎麼什麼事都怪到微臣頭上。」

趙佶撫案道：「太后那邊說了，要你年夜時入宮，家眷也可以帶來。可是太皇太后那邊說，這是年飯，豈能讓外人摻和進來。沈傲，你應當知道這裏頭的意思吧。」

沈傲苦著臉，真是欲哭無淚，太后真是夠陰的，把自己拉進去，這不是拿著自己去噁心太皇太后嗎？太皇太后那邊當然不肯，這兩個人卯上，自己夾在中間，反倒最爲難了。

趙佶嘆道：「朕現在也爲難得很，讓你入宮倒也不錯，可是太皇太后心裏不痛快，朕心裏頭也不暢快。不讓你入宮，太后那邊也不好交代。這事兒朕還要再想想。」

這兩個人算是同病相憐了，都是兩后爭鬥的犧牲品，沈傲惺惺相惜，很是感慨地道：「陛下的難處，微臣也知道，這事兒只能先拖著。」

二人愁眉不展地商量了一會，趙佶又拿起勾決的名單，道：「朕還有事要做，年關就要到了，你也該去看看安寧了，從前朕不願你們相見，今日就當破一回例吧。」

沈傲顯得分外的欣喜，宮裏頭把安寧的婚事拖著，沈傲這邊也有點兒無措，又不能相見，沈傲怪想那丫頭的，連忙道：「那微臣去了。」

隨著個小內侍到了後宮，沈傲見了安寧，安寧露出欣喜之色，請沈傲坐下，眼波生煙似喜非喜地看著沈傲，道：「沈大人比以前瘦了。」

邊上站著不少內侍、宮女，沈傲也不能說逾越的話，道：「帝姬的氣色不也是不太好？」

這二人對視一眼，沈傲才道：「帝姬近來還寫詞嗎？」

安寧頷首點頭：「寫是寫了，就是見不得人，怕沈大人見笑。」

沈傲便說要看看，安寧不肯，嫣然笑道：「到時候再給你看。沈大人，能陪我到花園去走走嗎？」

沈傲求之不得，與安寧一前一後到了御花園，這後宮的御花園，其實並不大，趙佶的心思都在萬歲山那邊，所以萬歲山更像是趙佶的遊樂場所。

倒是這御花園因爲陛下不常來，兩后那邊也不太有遊賞的興致，因此並不讓人過於驚豔，也不過是比晉王後花園的規格高了幾分而已。

漫步於花叢中，安寧小心地提著裙子舉著蓮步，生怕會踩到地上的花卉，後頭的內侍小跑過來，一副哭臉道：「請殿下注意儀表。」

他所說的儀表，估摸著是安寧提起裙裾時一不小心露出了一小截粉嫩的腿，他不提醒還好，一提醒，沈傲也注意到了，一雙眼睛盯在那蓮膚藕肢般的小腿處。

安寧臉上飛上一抹緋紅，立即放下裙裾，將那乍現的春光徹底掩蓋。

沈傲故意抬頭去看天，忍不住道：「啊……藍天，啊……白雲，今天的天氣真不錯……」

他這一聲要掩飾尷尬的啊字念出，顯然過於投入，驚起無數飛禽四散奔走。

沈傲汗顏，想不到動靜弄得這麼大。

安寧咬著唇，叫那小內侍退開，道：「沈大人，失禮了。」

「失禮什麼？我什麼都沒看見。」沈傲無比震驚地負著手，忍不住吹了聲口哨，道：「那兒有座涼亭，我們到那裏去坐吧。」

在涼亭坐下，安寧深深地看了沈傲一眼，低聲道：「母后前幾日去太后那裏打聽……」

「打聽什麼？」

安寧嗔怒道：「還能有什麼？」

沈傲恍然大悟，想不到安寧的母后都出動了，看來這做娘的也有點兒發急，他依稀記得安寧的母后是淑妃，位列四貴妃之一。想來那淑妃也是個聰明人，這大宋的公主外嫁，其實人家大多都不好，嫁來嫁去也就是那幾個公侯而已，這些公侯固然衣食無憂，有的還頗有勢力，可是說到底，還是屬於朝廷中樞的外圍，除了一個石英進了中書省，混吃等死的人大有人在。

倒是沈傲雖只是個侯爵，可是在其他方面都不是公侯們所能比擬的，有心人早就預言，沈傲現在這聲勢，進爵也只是早晚之事。雖說沈傲家裏已有妻子，可是別的駙馬還不是一樣養著小妾?倒不如嫁了沈傲乾淨。

沈傲這時正經起來，關切地問道：「娘娘那邊怎麼說?」

安寧的眼中水霧騰騰，低聲呢喃道：「你就是將自己置身在事外，天子嫁女，卻還要母妃去問。」

這一句嗔念出來，卻在隱隱之間讓二人的關係湊近了一些，沈傲道：「其實我也四處打聽來著，可惜不得其法，你知道，我畢竟是外臣，許多事也不能明言，帝姬不信可去問晉王和陛下，我可是再三催促過的。」

安寧化嗔為喜，道：「好吧，我不去問，我信你。」說罷，才又道：「太后那邊說了，她是不反對的，兒女大了，留不住。不過她還說，就怕太皇太后那邊從中作梗，沈傲，你就不能去求求太皇太后嗎?」

沈傲心裏想：「這太后八成是讓自己做好人，才祭出太皇太后來。」想了想，才道：「我儘量想辦法吧。」

談完了「公」事，安寧恬然一笑，道：「太后還讓你年夜那一日帶著家眷入宮呢，說是多你一個熱鬧，我倒是也想去見見你家的幾個姐姐。」

她一臉期待的樣子，讓沈傲心裏忍不住想：「安寧這是很傻很天真，還是裝作很傻很天真呢？好吧，權且信她真的很天真，但願家裏的四位夫人也很天真才好。」

安寧不見沈傲臉上有喜悅之色，不禁黯然：「沈大人不願意入宮嗎？是了，你們一家團圓，當然是不肯來這熱鬧的，宮裏規矩多著呢。」

安寧略帶酸意，睫毛微微顫動，沈傲忍不住道：「也不是，只是太皇太后那邊不肯罷了。」

二人站起來，望著不遠處的荷塘，此時天色漸冷，遠處的荷塘水面上凝了一層冰霜，垂柳卻變得光禿禿的，甚是蕭索。

安寧抿著嘴，不動聲色的眺望。

沈傲道：「怎麼，帝姬心情不好？」

「嗯？」安寧轉眸，幽幽道：「你看那垂柳，幾個月前還綠意盎然呢，現在就是這般模樣。」

沈傲呵呵一笑，安寧多少遺傳了幾分趙佶的多愁善感，道：「花開花落年復年，花謝了，才有等花開的期待，若是萬物長青不敗，又有什麼意思？」

安寧覺得有理，頷首點頭，俏臉窘紅的望著沈傲，抱著很大的勇氣道：「可是我終歸也會老的，成了老姑娘，你肯定要逃之夭夭的。」

沈傲愕然，安寧的許多心事都喜歡藏在心底，這一句教他啞口無言，訕然笑道：

「安寧老了我也老了，老夫老妻才有意思。」

安寧嫣然一笑，嗔笑道：「誰和你做什麼老夫老妻？」

二人相視，忍不住都笑了起來。

沈傲道：「安寧放心，我不會讓你做老姑娘的，實在不行，我臉皮就厚一回，過幾日捲了鋪蓋到正德門前去，宮裏頭不肯下嫁，我就賴著不走了。」

安寧聽了他的話，很是滿足，卻是道：「你真要這樣，我就沒臉做人了。」咬著唇，又怕沈傲生氣，接著道：「這件事，我的母后會留心的，有了消息，自然會給你口信。」

終是女兒心態，和男子討論這個，帶著一絲窘迫、靦腆，安寧又沉默了。

天色已是不早，沈傲悵然的站起來，道：「宮裏要落鑰了。」

「嗯。」安寧不捨點頭。

四目相對，沈傲咳嗽一聲，道：「殿下，我可能要走了。」

「嗯。」

「需要來個告別儀式嗎？我大宋是禮儀之邦……咳咳……」

「什麼……什麼儀式？」看出了沈傲眼眸中的欲望，安寧忍不住小步後退。

「這個……算了！」沈傲驚嘆於自己的臉皮太薄，旋身要走。

身後的伊人摳著裙腰上的繁複紋飾，雙目霧水騰騰。

沈傲走了幾步，突然回眸，笑呵呵的道：「我想了想，本大人知書達理，禮節是斷不能廢的。」三步作兩步走向安寧，攬住她的腰，深情吻了下去。

安寧啊呀一聲，便被濕潤軟滑的嘴唇覆蓋，有種酥麻的感覺傳遍全身，她睜著眼，看到近在咫尺的那張久違臉龐，呼吸有一些不暢，貼緊過來的火熱胸膛似是散出一股濃重的熱情，拼命向她擠壓。

安寧嚶嚀一聲，已給對方封著香唇。她是又駭又羞，咬緊的牙關被對方舌頭破入，嚶嚀一聲，迷失在沈傲的親吻裏。

遠處幾個太監、宮女下巴都要掉下來，他們奉命看護，絕對想不到沈傲大膽到這個地步，還未來得及反應，帝姬便和沈傲吻在了一起，到了這個時候，他們也是木然不動，不知如何是好了。

長吻在沈傲依依不捨下結束，沈傲呵呵一笑，不忍再去看羞怯的安寧，旋身道：「禮畢，現在我要走了，殿下保重身體。」

走到幾個木然的太監、宮女面前，眼眸饒有興趣的打量了他們一眼，慢吞吞的道：「你們方才看到了什麼？」

「……」

「想去報告？是向皇上呢，還是太后？」

「奴才……奴才……」一個領頭的太監期期艾艾，張口欲言。

沈傲瞇著眼：「你說。」

這樣的眼神，讓這太監遍體生寒，沈楞子的大名莫說是汴京，就是宮裏頭也是出了名的，王黼、蔡攸，這都是手眼通天的人物，得罪了他是什麼下場？更別說梁公公了，再者說，楊戩在內朝和沈楞子遙相呼應，要整治他們幾個，還不是玩兒一樣，遇到這種小祖宗，他們還能怎麼說？

這公公咬咬牙：「奴才什麼都沒有看見。」

沈傲的笑容變得誠摯起來，從袖子裏掏出數張錢引，塞到公公手裏：「拿去分了，諸位站了這麼久，想必也辛苦了，拿去喝茶吧。」

接過這燙手的錢引，公公還要稱謝，一抬頭，沈傲已閒庭漫步的負手走了。

涼亭下，只留下佝還沒有透過氣的安寧，捂著心口，口齒上還殘留著一股火熱，眼波兒暫態迷濛，輕盈坐下，望著那漸行漸遠的背影楞然呆滯。

出了宮去，沈傲的閒情雅致也即化爲烏有，鴻臚寺那邊少不得要寫一份類似於年度工作總結的奏疏送到三省去，還有各國遞交的國書也要審定，過年了，藩國們上賀表是應該的，可是這賀表和奏疏一樣，都要商量著，尤其是一些偏僻的小國，得商量著來辦，反正就是鴻臚寺手把手的教你，什麼地方該用什麼措辭，省得你坑了爹，到時候宮裏頭的顏面不好看，大家都別想過好年。

所以幾份賀表遞上來，沈傲幫忙修改一圈又打回去，等他們重新上時又難免有個錯漏，再打回去，費時費力。可是這表面功夫不得不做，又不能讓鴻臚寺完全代勞，否則就少了虔誠，如此三番，不止沈傲煩，藩國的國使也煩，有時候改來改去，沈傲直接把國書丟在案下，忍不住大罵：「孺子不可教，一群豬腦袋。」

楊林就在一邊勸：「大人，他們不服王化是有的，這種事也是稀鬆平常，再教他們改改就是了。」說著小心翼翼的撿起賀表，又重新放在沈傲的案頭，笑道：「往年都是這樣的，可是拿這些人也沒有辦法，榆木腦袋不開竅，有的國使在汴京也待了不少時候，偏偏就是作不出一手好駢文，其實寫賀表也難爲了他們，就這些，還是他們重金請人寫的。只不過但凡有身分的人都不願意屈尊去賺這個錢，沒身分的學問又不濟，少不得勞動大人。」

沈傲心念不動：「乾脆你來教他們改得了，我沒功夫和他們糾纏。」

楊林搖頭：「這是規矩，小人怎能代勞，賀表的事事關重大，還得大人做主拍板。」

沈傲無言，只得繼續和藩國使節那邊打太極拳，這一下他倒是學聰明了，乾脆自己動手寫出一篇範文出來，直接讓他們抄，連抄都不會的，沈傲也已經準備好了小鞋，在朝廷的封賞裏頭剋扣他們一點。

其實鴻臚寺剋扣封賞也不是一回兩回，當然也不是什麼國都敢扣，比如西夏和契丹，你要是給的少，人家是敢拿刀來拼命的。大理、吐蕃也不能太明顯，否則面子上不好看，至於其他的，那就可以肆無忌憚的剋扣，聖旨裏說帛一千，鴻臚寺敢給五百，你若還敢鬧，弄不死你?!

這是潛規則，所謂雁過拔毛，管你這雁是宋是蕃，各衙門都有自己的規矩，端了大家飯碗，誰也別想過個好年。

好不容易料理完鴻臚寺，武備學堂也有一大堆事要處置，兵部、吏部那邊要來巡檢、功考，戶部要查賬，沈傲走馬燈似的來回折騰，門下這些人，一個個見了他就倒苦水，說是功考那邊被吏部和兵部爲難，請他沈大人做主，無論如何得個中的評語也好。

功考事關著大家的飯碗，大家吃碗飯都不容易，可是吏部、兵部功考司也要吃飯，就等人年終孝敬著呢，你不給錢，人家許你好過?沈傲也火了，訛錢訛到老子頭上，親自去吏部走了一趟，那吏部早就圍得水泄不通，都是來走門路的，不過，這些人大多都是一群不得其門而入的傢伙，真正有門路的，直接就送禮送到尙書、侍郎、主簿家裏去了。

「讓開！」沈傲大喇喇的擠出一條路，負著手到了衙門門口，這門口的皂吏也囂張得很，別看他們沒品沒級，可是這吏部的一條狗，在這個時候那也能挺起腰來，見到沈傲穿著一件絲綢的襖子過來，哪裡看得上。

沈傲微微一笑，道：「勞煩進去通稟一下，在下沈……」

皂吏大喝：「管你是什麼人，老老實實在外頭候著，什麼時候大人肯見，再遞名敕進去。」

「在下……」

「在下什麼？快滾，再不滾，你就是在這裏蹲個十天半個月，也別想見人。」

「兩位小哥好大的架子。」沈傲的笑容有點兒僵了。

「就是這個架子，不高興？不高興就別來吏部，也不睜眼看看這是什麼地……」

啪……

正說得得意的皂吏看到一巴掌扇過來，隨即哎喲一聲，捂著腮幫子差點兒踉蹌跌倒。

「你……你打人……」

那一邊聽到打人，立即打了雞血，一個個擠過來看。

沈傲笑呵呵地道：「進去通報，就說沈傲來了。」

「沈……沈傲算個……」那皂吏正要呵斥一聲好挽回幾分顏面，話說到一半，臉色突然變得怪異起來：「沈……沈少傅？」

「大人且慢，小的這就進去通報……，啊，不，大人往裏頭請。」那挨打的皂吏前倨後恭，二話不說，立即請沈傲進去。

沈傲道：「不是要排隊嗎？」

「哈哈，大人說笑，大人是不必排隊的。」

「噢，遞個名刺要不要？總得按著規矩來辦吧？」

「不，不必，大人請。」

沈傲負著手，噢了一聲，才跨步進去。

這小小的變故，讓裏頭坐堂的堂官嚇了一跳，連忙迎沈傲到耳房去喝茶，聲言一定要開革那兩個瞎了眼的皂吏。平時大家躲著都來不及，哪裡敢去惹這沈楞子，如今撞到這種事，那兩個皂吏肯定是要倒楣的，不如自己說出來。

沈傲喝了口茶，擺了擺手道：「大家無非是爲吃口飯罷了，還不至於把鍋砸了，開革就算了，我也打了他一巴掌，算是給了他教訓。老兄，我來呢，也是爲了飯碗的事，你們吏部要吃飯，武備學堂和鴻臚寺也要吃，我聽人說，功考司這邊送了錢才肯給人家評個好字？」

堂官嚇了一跳，本來這規矩確實是這樣，只是想不到沈傲會親自來爲鴻臚寺和武備學堂那邊說情，立即詛咒道：「大人，這全是些謠言，功考司都是按規矩辦的。」

「你們按不按規矩辦，我不知道，醜話說在前頭，錢，我有的是，可就是不給你們！誰要是敢背後鼓搗什麼見不得人的事，鴻臚寺和武備學堂也不是好惹的。」

那一句「錢，我有的是，可就是不給你們！」讓堂官大是汗顏，來這吏部的大小官員，還真沒幾個這麼囂張的，可是偏偏這個沈傲不同，人家就有這個本錢。

堂官連忙道：「大人太見外了，哈哈，功考司那邊肯定會秉公處置。」

「這就好。」放下喝到一半的茶，沈傲豁然而起，撣撣身上的灰塵才道：「有你這句話，我也就放心了。」

起身要走，那堂官小心翼翼地將沈傲送了出去，最後才是擦了擦額頭上的冷汗，心裏忍不住想：「好好的怎麼惹上了這祖宗，不成，得趕快去打個招呼，否則人家是敢和你拼命的。」

汴京城就是這樣，什麼事都是一陣風來一陣風過去，如今到了年關，街頭巷尾的話題又引到了宮裏頭的消息，說是陛下要在正德門城口與民同樂，這是前所未有之事，許多人也漸漸有了期待，想必年夜那一日，一定熱鬧非凡。

只是這天氣越來越冷，挨近年夜，天空下起鵝毛大雪，那雪花飄了一天一夜，整個汴京變得銀裝素裹起來，屋簷下的冰凌懸掛著，偶有被風吹下，引來不少孩童爭搶，汴河河面凝結了一層冰霜，雖是少了幾分春意，少了畫舫、遊船的點綴，可是那一層薄冰連綿過去，卻是另一番景致。

這時候所有人都清閒下來，不再爲生計奔波，各自回家，採辦年貨，購置煙花爆竹，走親訪友，自是不可少。

到了末月的二十五，各衙門也紛紛放假，除了幾個值堂的，其餘的都準備著過年了；只是鴻臚寺和武備學堂卻是例外，鴻臚寺還得張羅著賀表的事，武備學堂更是到了操練的緊要關頭，雖是這三伏天，天氣冷得讓人手腳都要凍僵，上下卻一致地在咬牙堅持。

沈傲籌建的工房初具規模，工房是隸屬武備學堂名下，否則私自生產刀劍那也是違反國法的。裏頭三十個倭人刀匠，和五十個學徒，日夜趕工了足足四個月，終於算是製出八百柄儒刀來，這已是他們最快的速度，再多，就必須犧牲品質了，好在一切原料都充足，要什麼，沈傲就給什麼，才不致耽誤了工期。

刀自然是分發下去，武備學堂人手一柄，按著沈傲的意思，這刀就是校尉的象徵，是他們不可或缺的夥伴。

儒刀自然不同於尋常的刀劍，官府裏的制式軍備，終歸是大規模生產，又爲了節省開支，其工藝水準和品質難免參差不齊，比起儒刀來相差太遠。

如此好刀，自然讓武備學堂上下愛不釋手，長刀從鞘中拔出，有一種迫人的寒芒隨著刀鋒散發出來，幽幽散發著光澤。

自此之後，校尉都是跨刀操練，儒刀也隨即成爲校尉的身分象徵。

宮裏頭終於又傳出了旨意，說是在年夜那一日，讓沈傲攜家眷晌午入宮。

這個消息傳出，又是一陣波瀾，簡在帝心這句話還真是讓人感慨，別人一輩子都別想入宮，沈傲竟是把皇宮當成了別院，三天兩頭進去不說，到了年夜也要宣進去，可見他的恩寵到了什麼地步，便是當年的蔡京，也沒到這個份上。

別人都是羨慕，沈傲卻是苦笑，若是皇帝的心意也就罷了，可是偏偏這主意是太后想出來的，其用意沈傲會不知道？到了那一日，只怕難熬了，頭痛，當真是頭痛無比，捲進這漩渦裏，想抽身都難。

許多事都是外表上看上去光鮮，光鮮的背後卻有許多無奈。倒是三位夫人聽說入宮，有幾分好奇和期待，雖說不能一家人團圓，卻終歸還有幾分憧憬，想看看那宮城裏頭到底是什麼樣子，貴妃娘娘們又都是什麼模樣，沈傲當然不會把自己的苦水倒出來，有些事男人可以對女人說，可是有些事卻只能藏在心底，怕就怕太皇太后哪一日翻了臉，大家的面子上都不好看。

國子監那邊也放了假，少不得要把老丈人兼恩師的唐嚴請來，唐嚴看上去老邁了一些，鬢角生出幾許白髮，卻還是那副脾氣，終歸是板著臉訓斥了沈傲幾句，讓他少胡鬧，多做些正經的。沈傲恭聽了訓誡，連連稱是。

倒是唐夫人大是不滿，唐嚴訓斥沈傲，她便埋怨唐嚴，這兩個人卯上去，唐嚴失了面子，當然不肯甘休，捋著鬍鬚，高聲大叫：「唯女子與小人難養也。」

如此一來，便得罪了蓁蓁、周若，兩個人在旁站著，臉色不好，不吭氣；茉兒很是尷尬，卻又不好說什麼。

沈傲及時地板起臉，這一下不再聽恩師教誨了，莊重無比地道：

「泰山大人，這就是你的不對了，女子難養的有，卻也未必都是難養的，就比如學生的幾位嬌妻，那都是賢淑無比，端莊可人的。你這般一說，孔聖人還說過『才難，不其然乎？唐虞之際，于斯為盛，有婦人焉，九人而已。』武王能以女子為賢人，泰山大人怎麼能如此輕蔑女子？」

唐嚴是個老學究，一聽沈傲要辯論，立即雙眼放光，張口道：「不然，女正位乎內，男正位乎外，男女正，天地之大義也，女子當政，你難道忘了宮闈之禍嗎？女子無德，所以輕賤……」

完全沒有看到一旁唐夫人殺機騰騰的目光，還有沈傲的嬌妻們黑下去的臉色。

唐嚴搖頭晃腦，長篇大論之餘，通過舉例，摘抄四書經典來引證自己的觀點，正說到得意處，沈傲已經離座，尷尬地打斷道：「泰山大人，小婿內急，抱歉，抱歉。」二話不說，狼狽地逃了出去。

唐嚴意猶未盡，蹺著腿，目光落在唐夫人身上：「夫人，方才為夫說的都是聖人的教誨，你是婦道人家，更要謹記……夫人……夫人鬆手，你這成什麼體統，哪有當著兒女的面擰丈夫耳朵的……嗚呼……聖人誠不欺我，唯女子和小人難養也……啊呀，斷了，斷了，要斷了……」

沈傲逃出來，聽到裏頭的喝罵爭論聲，心裏鬆了口氣，也不去上茅房，獨自溜到後園小亭裏去避難，心裏想：「讀書和做人果然不可或缺，一定要謹記老泰山的教訓，這是一條不歸路啊！」

當著兒女的面，唐嚴大失顏面，也覺得有些沒鼻子沒臉了，雖是在沈傲這住著，平時卻不肯露面，後來乾脆去尋了陳濟，兩個人一起讀書下棋，倒也樂在其中，他在陳濟面前大發女子和小人的議論，陳濟從前也娶過妻子，後來因為罷官，娘家那邊便把人接走，讓他大受打擊，於是決心終身不娶，二人苦命相連，很是抨擊了一番女子的德行。

幸好那芸奴是個聾啞人，他們說得滿臉通紅，相見恨晚，也聽不到，反而唐大人的學問讓陳濟折服，見了他都是莞爾笑的。

從陳濟那兒尋回了自尊，唐嚴心情也好了，前幾日還叫嚷著先回家裏去住，怎麼能天天住在兒女家裏？現在卻也不肯走了，捋著鬚說沈傲既是我的弟子，又是我的賢婿，連陳先生都可以住，唐某人自然卻之不恭，權當是自己兒子看待，受他孝敬是應當的。

沈傲只是呵呵地笑，也不說什麼，只是到了唐夫人面前，大肆抨擊泰山大人讀了一輩子書，入了邪魔外道，沒有理解到聖人的真意，往後一定要和他在學術上劃清界限云云。

唐夫人就笑，說這個女婿最是乖巧，書也讀得好。女人固然記仇，可是這幾日採買年貨，唐夫人如今得把持著，所以這來回的忙碌，也就漸漸的將這事兒拋諸腦後了。

第一八二章
天一神教

趙佶見沈傲一臉的疑惑，苦笑道：

「此人曾是金門羽客，後來去了京畿北路，想不到竟釀成了如此大禍。

這幾年他在京畿北路設立天一教，竟是懵然不查，

想不到短短數年功夫，他的天一教就有如此大的聲勢。

大年三十這一日，清早起來，府裏頭洋溢著節日的氣氛，燈籠和春聯都是現成的，劉勝那邊主持著，不致出了差錯。

沈傲起來，先去拜謁了唐嚴和陳濟，便開始張羅進宮的事了，要進宮，禮節也不能廢，得穿禮服，三位夫人都是誥命，也都得張羅著。

大宋的禮服是最繁瑣的，尤其是誥命，裏三層，外三層，便是頭冠、鳳釵都有嚴格的規定。好在唐嚴這時候適時跳出來，在旁監督，倒是不怕落下什麼。

沐浴著裝之後，便是等旨意了，正午請了陳濟來喝酒，師徒三個喝了幾盅，唐夫人和蓁蓁她們淺嘗便退到裏屋去歇了，三人有酒下肚，難免會有些議論。唐嚴突然問起武備學堂的事，其實武備學堂從籌建到現在，唐嚴都沒有過問，這個時候突然問起，讓沈傲有些意外，便將自己的主旨說出來。

唐嚴沉吟道：「原以為你是想胡鬧，想不到真的讓你辦成了，不過文人從戎，他到底是書生還是武夫呢？」

陳濟倒是對武備學堂頗為欣賞，他偶爾會去幾趟，多是夜間去督導校尉的功課，舉杯飲了一口酒，道：「文武之道，殊途同歸，只要利國利民，又何必計較什麼文武？」

唐嚴哂笑道：「倒是我看不開了，罰酒一杯。」將一杯酒一飲而下，而後咂了咂嘴。

過了午時，宮裏終於有人來接了，是楊戩親自來的，他穿著大紅的禮服，輕車熟路地進府，見了唐嚴、陳濟也是堆笑，道：「原來兩位也在，哈哈，咱家有禮了。」

唐嚴、陳濟連忙回禮，和楊戩寒暄客氣了幾句，楊戩道：「咱家這一趟接沈傲和蓁蓁他們入宮，二位，宮裏頭還在等著，就不叨擾了。」說著便到後園去看蓁蓁，見到蓁蓁穿著誥命禮服，嘖嘖稱奇，說是比宮裏的嬪妃更是端莊。

楊戩這麼一讚，沈傲在旁道：「其實茉兒和若兒也很端莊的。」

楊戩是最圓滑不過之人，聽了沈傲的話，立即道：「是，是，咱家光顧著看蓁蓁了。」

說罷，便帶著四人出府，直接上了宮裏頭的馬車，徑直入宮去。

到了正德門下車，蓁蓁等人身爲女眷，自是由人先領著去後宮到太后那兒去坐，沈傲則是被叫到文景閣先陪皇帝說說話。

今日趙佶的心情很差，陰沉著臉，沈傲進去的時候，發現蔡京、兵部尙書等人都在，一個個膽戰心驚地站著，大氣也不敢出。

若是平時，給蔡京賜坐是稀鬆平常的事，趙佶體恤他老邁，所以一直對他很優渥，可是今日的氣氛不同，像是發生了什麼大事。

趙佶闔目坐在龍椅上，沈傲進來了，他也只是將眼眸張開一線，而後繼續沉默不語。

沈傲乖乖地站到一邊去候著，趙佶輕輕用指節敲擊著御案，御案上是一份大紅的奏疏，很是鮮豔。

大宋的奏疏分爲三種，一種是尋常的奏疏，大多是用青色打底，再一種是彈劾奏疏，則是用黑底。只有發生了大事，譬如邊鎮急報、災情急報之類才會用紅底，這種奏疏接到之後，三省是不能擅專的，直接就報進宮去。

換作是以往蔡京總攬三省的時候，內有梁師成相爲呼應，所以就算是大紅奏疏，他也敢留著，省得讓陛下「煩心」，可是今時不同往日，中書省有了個石英，外朝有個沈傲，宮裏頭還有個楊戩，這種事自是瞞不住的，所以第一時間就送來了，省得讓人抓住了把柄。

沈傲心裏明白，應當是邊鎮或者是哪裡出了事，這事兒還不小，又看兵部尚書班諷也在，幾乎就可以斷定應當是兵事了。

兵事是最麻煩的，不過在沈傲看來，眼下最怕的是金人南下，只是若是遼國那邊出了錯，沈傲應該是最早接到消息，他心裏暗暗疑惑：「莫非是邊鎮出了事？」

蔡京躬著腰，慢吞吞地道：「陛下……事情到了這個地步，追究亦是徒勞，還是想辦法善後才是，今個是年三十，鬧出這樣的事，老臣難辭其咎……」

「你不必自責。」趙佶闔目深思，慢吞吞地道：「要怪就怪朕識人不清，你說得對，是該善後了，不過，該怎麼善後也得有個章程，朝廷要有兩手，一個是撫一個是剿，先派個欽差去，看看他們怎麼說，同時，兵部這邊也要有完全的準備。」

兵部尚書班諷道：「是不是該調邊軍，京畿北路小種相公那邊尚有精騎兵萬人可以調用。」

趙佶冷聲道：「不能動，現在邊事不寧，要防患未然，一個匪亂就抽動邊軍，小心西夏人有機可趁。就調撥禁軍去，差高俅去，高俅這幾年是有點兒懈怠王事了，朕給他一個機會。」

趙佶想了想，又道：「兵馬動之前，招撫之事還是重中之重，禮部那個迎客主事叫吳什麼來著？」

兵部尚書班諷傻了眼，隔行如隔山，禮部的人他也認識一些，可是迎客主事他實在沒什麼印象，聽到趙佶問，吶吶道：「是……是……」

沈傲在旁道：「叫吳文彩，也是個幹練之人。」

班諷抬眸，感激地看了沈傲一眼，道：「對，是他，此人微臣也略有所聞，只是平時沒什麼交情，一時也難以記起。」

趙佶瞪了沈傲一眼，接著又慢吞吞地道：「命他做欽差吧，授京畿北路招討使，和他說清楚，只要那邊肯接受招安，什麼都可以商量，可要是冥頑不靈，那就只好大軍四面圍剿了。蔡愛卿，門下省那邊也要有完全的準備，擬一道詔書去，有什麼事，隨時入宮來報，這個年，朕是更不好過了。」

接著，趙佶揮了揮手，道：「都下去吧。」

蔡京、班諷二人行了個禮，碎步退出。

趙佶嘆了口氣，對沈傲道：「來，到朕身邊來坐。」

沈傲走近，在趙佶的對案坐下，趙佶道：「你自己看吧，看看有什麼說的。」

沈傲撿起御案上的奏疏，裏頭果然是造反的事，說的是京畿北路安撫使徐神福扯旗造反，竟是糾集了數萬人，盤踞於京畿北路，自稱天一皇帝，改元神授元年，設立百官，又發僞詔呈趙佶八大罪狀，聲稱要替天行道，推翻大宋。

沈傲看得目瞪口呆，一個安撫使居然反了，反了也就罷了，畢竟一路的長官名義上是安撫使，可是提刑使、轉運使居然也跟著反了，這兩個人糊塗倒也罷了，就連當地的廂軍居然也跟著他們胡鬧，不少州縣也儘是如此，一夜之間，整個京畿北路竟個個都成了反賊，幾日之前，他們還是朝廷官員和良民來著，怎麼說反就反了？

大宋的官制，採取的是強幹弱枝的政策，既大權獨攬中央，各路的官員相互掣肘，這個管刑獄，那個管政務，另一個管河運，可謂曲徑分明，絕不可能有安撫使造反，可是偏偏，這樣的怪事居然發生了，徐神福吃了豬油蒙了心，整個京畿西路居然也都腦子浸了水。

「陛下……」沈傲放下奏疏，一副欲言又止的模樣。

趙佶臉色難看到了極點，頹喪地道：「是朕的錯，一切都是朕咎由自取。」

一句沒有邊際的話，讓沈傲更是疑惑，這個徐神福到底是什麼人，居然有這麼大的能耐。

趙佶見沈傲一臉的疑惑，苦笑道：

「此人曾是金門羽客，後來朕將他封去了京畿北路，想不到竟釀成了如此大禍。這幾年他在京畿北路設立天一教，竟是懵然不查，想不到短短數年功夫，他的天一教就有如此大的聲勢。」

沈傲恍然大悟，所謂的金門羽客，便是道士，趙佶此前崇尚道教，道士出入皇宮，沒有人敢阻攔，因此才號稱「金門羽客」。這些人以蔡攸為代表，也曾喧囂一時，許多人被授予了官職，成了封疆大吏。

只是到了後來，沈傲揭穿了那個什麼活神仙的把戲，又設計幹掉了蔡攸的政治前途，這些道士也膽戰心驚，生怕陛下清算，這才開始尋求自保之策。

那叫劉神福的道士既做了安撫使，早年便在京畿北路招攬信眾，他既是京畿北路的最高長官，又是天一教魁首，依附之人當然不少，如此一來，京畿北路的官員自然也大多屈身投靠，想必那些人一開始也是不信什麼天一教的，畢竟都是讀書人，誰信誰是傻子，可是既投入了天一教門下，這干係就洗不脫了，少不得那徐神福叫他們做些不法之事，有了把柄，徐神福登高一呼，他們也只能受人裹挾。

連官員都拉下了水，那些廂軍、百姓更是渾渾噩噩，天一教靠著徐神福主政，大辦一些宗教儀式，瘋狂招募信徒，只怕各州縣的百姓、廂軍都成了天一教的信眾。

就在年前，吏部那邊已經做好了收拾劉神福的準備，從前劉神福得勢，靠的是聖眷，如今大家都看得到，陛下對神鬼之事已經逐漸不太熱衷，這劉神福在京畿北路也沒什麼政績，說穿了，這傢伙不是一條船上的人，大家拜的是孔聖人，他拜的是什麼天一神，不是一個系統，早就看他不順眼了，所以那邊功考司的人過去，已經有朝裏的大人物打了招呼，讓那姓劉的洗乾淨屁股，滾蛋！劉神福見做不得官，又害怕被問罪，到了這個時候，也就橫了心，乾脆舉起反旗，來個破釜沉舟。

消息送到趙佶這裏，原本一個好好的大年三十，算是徹底地糟踐了。京畿北路距離汴京不過百里之遙，那裏出了事，一個不好，就可能蔓延到汴京來，引發京畿的恐慌。

趙佶抬了抬眼，雖然在蔡京、班諷面前刻意地作出一副鎮定，此時卻顯得有些無助了：「沈傲，若是招撫不得其法，招討又失利，該當如何？」

沈傲想了想，毫不猶豫地道：「那就再招討。」

趙佶搖頭：「你不懂，這裏頭的干係太大了，京畿北路是京畿近郊，距離邊鎮又近，一個疏忽，就是彌天大禍。」

沈傲遲疑了一下，道：「陛下，還是讓邊軍去招討吧，至於禁軍還是留駐京畿以防不測的好。」

趙佶心裏不知道，可是沈傲卻明白，京畿的禁軍已經糜爛透頂了，糜爛倒也罷了，最可怕的是吃空餉，在皇帝眼裏，京裏的馬軍司至少有四五萬人，規模也算不小，拿去剿賊明顯足夠，畢竟京畿北路的賊軍只是廂軍，當然不是人數眾多的禁軍對手。可是趙佶哪裡知道，馬軍司可能有個兩萬人就已經不錯，靠著高俅帶著兩萬人去京畿北路，多半要出事。

一旦官軍失利，問題將會更加嚴重，所以沈傲的意思是，寧願讓邊軍去，邊軍的戰鬥力尚可，至少還有一戰之力。

趙佶想了想，搖頭道：「邊軍不能動，動了就要動搖國本了，朕有些難處，你不懂。」他勉強地擠出一點笑容道：「年三十不說這個，走，朕帶你先去給太皇太后問安，待會兒你老實一些，給太皇太后認個錯，太皇太后也是個有慈心的人，終究不會和你一個少年計較的。」

沈傲硬著頭皮隨趙佶到太皇太后寢宮，先在外頭通報，才進去，趙佶是躬身行了個禮，沈傲是外臣，只能跪下，朗聲道：「微臣沈傲見過太皇太后，太皇太后安好。」

太皇太后的氣色並不怎麼好，眼睛落在趙佶身上：「哀家聽說京畿北路出了事？」

這個消息肯定瞞不住，宮裏人多嘴雜，趙佶又發了一通這麼大的脾氣，傳到後宮來也只是早晚的事，只不過趙佶也沒有預料到消息傳播的這麼快，心裏不由有些怒意，心裏想著到底是哪個多嘴的傢伙走漏了消息，不得不作出恭順的樣子道：「是。」

太皇太后嘆了口氣：「陛下也不必太過急躁，只是疥癬之患罷了，該如何應對還是如何應對，先帝在的時候，邊鎮、內患也不少，最後還不是安安穩穩的。」

趙佶頷首點頭。

太皇太后道：「哀家能和沈傲說幾句話嗎？」

這意思是叫趙佶回避，趙佶遲疑了一下，頗有些同情的看了沈傲一眼，便退了出去，只留下有點兒不安的沈傲跪在地上。太皇太后看了他一眼，冰冷冷的道：「沈傲，起來吧。來，給沈大人賜個座。」

有人搬了小凳子來，沈傲坐下，太皇太后瞪了他一眼，並不給他什麼好臉色，語氣卻是緩和了一些：「原本你這一趟進宮，哀家也有了準備，要羞辱你還不容易？你別以為得了聖眷，又有太后護著，哀家就動不了你。」

「……」

「你不說話？」

沈傲正色道：「我和太皇太后確實有誤會，不過今日是年三十，何必要敗壞了大家的興致。」

太皇太后冷哼一句，道：「有人要哀家年三十不好過，哀家當然也不會讓人好過。不過……」她頓了頓，嘆了口氣：「你和哀家的事算了吧，說來說去，你不過是景泰宮裏的棋子而已，她是誠心要給我這老婆子臉色看的。若不是知道京畿北路的事，不想教陛下煩心，今日你可別想有好果子吃。」

說到京畿北路，太皇太后也暗暗擔憂起來，她是經歷過風雨的人，自然知道京畿北路有人扯旗造反意味著什麼，當年的方臘叛亂倒也罷了，畢竟方臘離汴京十萬八千里，朝廷從容剿賊，有的是功夫。可是京畿北路靠近京師，一個不好，就要發詔勤王，那是要天下震動的事，可想而知官家那邊的壓力和擔子有多重。

太皇太后一心維繫在趙佶身上，平時趙佶也恭順得很，因此多少也為他著想一些，也不肯讓趙佶在這個時候再夾在中間為難，為今之計，也只有自己後退一步了。

她坐在榻上，慢吞吞的問：「聽說近來你也在練兵，辦的是武備學堂吧？」

沈傲頷首：「是。」

太皇太后道：「練兵好，我就受不了那些只會之乎者也的文臣，一個個叫的比誰都凶，天天以爲自己是在治國平天下，其實真正維繫天下的，還是文武兼備的棟樑。哀家知道，你對陛下忠心耿耿，這練兵的差事，還非得由你擔著不可，好好的練，我這老婆子也不會煩著你。」

沈傲這時對太皇太后的印象改觀了不少，略帶感激的道：「微臣敢不盡力。」

太皇太后抿嘴一笑：「只是哀家心裏頭還有些不平，哀家歷經三朝，什麼風雨沒有見過，卻是栽在你的手裏，你來說說看，你有什麼本事。」

沈傲抬眸，想了想道：「本事太多了，怕一時說不完。」

太皇太后掩嘴一笑：「果真是個楞子，去吧，也該到景泰宮去問個安。」

沈傲走出寢宮，心情一下子變得爽朗起來，他突然發覺，原來自己的擔心變成了多餘，這個太皇太后，也不至太壞。

趙佶在外頭等著，見到沈傲出來，不可置信沈傲竟是四肢俱全，還臉上帶笑，一路讓沈傲隨他去景泰宮那邊，一路問沈傲與太皇太后的奏對，沈傲將方才的話轉述了一遍，趙佶生出感慨：「太皇太后的恩德，朕是一輩子也難以償還了，如此一來，倒是覺得母后有點兒小心眼。不過這些話你不能對外人言，子不言父過。」

沈傲笑著點了頭，趙佶心情好了一些，道：「朕索性好好過個年，其他的事就不想了。」

到了景泰宮，這邊倒是熱鬧，幾個嬪妃以及沈傲的夫人們都在，圍著榻上的太后說著話，趙佶兩個人進去，顯得隨意多了，都是笑呵呵的說了討喜的話，宮娥和沈家夫人們都不說話了，忙不迭的來給趙佶見禮，蓁蓁和周若趙佶是見過的，因而都不顯得局促，唐茉兒是才女，也頗有幾分從容鎮定。

太后笑著道：「官家，你來了正好，哀家正說起你呢，你自己做的好事，沈傲如今都已身居少傅做了侯爺，他的夫人卻還都是六品的誥命，你這做皇帝的，也太厚此薄彼了吧。」

趙佶看了蓁蓁的禮服，果然還是六品的梁冠，不由訕笑道：「是兒臣一時忘了，兒臣記性不好呢，等過完了年，就叫門下省那邊草擬個敕封的旨意出去。」

蓁蓁、唐茉兒、周若都稱謝道：「謝陛下。」

沈傲趁機道：「我的四夫人春兒不在，我在此也先替她道一聲謝。」

這傢伙狡猾的像個泥鰍，反正封賞這種好事當然一個都不能拉下，趙佶可以厚此薄彼，他沈傲可不能，現在代為謝過了，就等於是造成了既定事實，什麼時候皇帝反悔，沈傲不在乎自己做一回諫臣，讓皇帝明白君無戲言的聖人道理。

一群人閒聊了幾句，沈傲注意到太后跟前的淑妃，這淑妃年約三十餘歲，風姿綽綽，瞧她的模樣，想必頗受趙佶的喜愛，她是安寧的母親，沈傲進來時，自然忍不住多看沈傲幾眼，試圖要一眼將沈傲看穿。有時會拉賢妃到一邊去，說幾句悄悄話，賢妃只是笑，只是點頭，有時深望沈傲一眼。

再後來皇子們紛紛來了，都是向太后和趙佶問了安，有的也會朝沈傲問個好，沈傲恭謹回禮。有的只是冷淡的打個招呼，連眼皮兒都不願意抬。

鬧了許久，時候還早，趙佶拉扯著沈傲出去，抬步正色道：「沈傲，今夜的校閱，你已準備妥當了吧？」

沈傲道：「陛下的意思是這場校閱事關重大？」

趙佶鄭重的頷首點頭：「本來呢，朕只是想熱鬧熱鬧，錦上添花也罷。可是現在鬧出這樣的事，一旦京畿北路的消息傳開，必然會引起汴京的不安。這一次校閱辦得好了，恰好可以起到安撫人心的作用。」

「微臣明白，請陛下放心，絕對不會出任何差漏。」

趙佶心事重重，尋了個長廊的扶欄依著，眺望著遠處的重重樓宇：「明日這件事就會傳出去，能不能安撫，就看今夜了。若是辦得好，朕一定感激你。」

趙佶第一次用感激這兩個詞，讓沈傲頗覺意外，隨即一想，這皇帝也沒有遭遇過什麼大變，京畿北路的事確實夠他吃一壺的，眼下六神無主，校閱不但安撫人心，更可以起到安撫趙佶的作用。連忙道：「陛下，除了校閱，微臣還想起一樣東西。」

「你說。」

「邃雅周刊。」

「嗯？」

「明日可加印一期邃雅周刊年關特輯，微臣是這樣想的，與其讓百姓們私自流傳，引來無數謠言，倒不如大大方方的說出來，借用邃雅周刊發表些議論，一來呢，自然是告訴百姓們，咱們大宋已經陳兵，隨時進剿。二來嘛，也可以宣揚一下我汴京的城防。讓百姓知道了事情的原委，反倒可以起到安撫的奇效。」

趙佶明白了，不由笑道：「堵不如疏，這法子好，這事兒我叫楊戩去打聲招呼，該怎麼寫，讓那個陸之章來負責。」

沈傲繼續道：「此外，那天一教既然在京畿北路起事，可是汴京城裏，難保沒有他們的信眾，這件事，陛下不得不防啊。」

趙佶一時愕然，思索了幾下：「你不提醒，朕卻是忘了，城中必有天一教的內應，要及早的揪出來，這件事，朕會交由大理寺和刑部去辦。」

趙佶莞爾一笑，繼續道：「走吧，隨朕隨便走走。」

兩人沉默著在宮中踱步，沈傲心裏知道，趙佶現在是滿腹心事，雖說是不打緊，可是心裏頭還是放心不下。心事重重，當著宮裏頭其他人的面卻又不得不強顏歡笑，心裏鬱悶，這才寧願和自己出來散散心。因此也不打擾他，只是和他並肩走到哪裡算哪裡。

他心裏也不由得在想：「一個校閱，原以為只是一場武備學堂露臉的機會，可是現在的意義卻是不同了，當著整個汴京的面，若是能夠大功圓滿，其意義足以載入史冊。」

「挑戰總是伴隨著機遇，但願不要出任何差錯吧。」沈傲手心裏忍不住捏了一把汗，雖然已經操練了無數遍，可是事到臨頭，又擔著這麼大的干係，卻不得不為之擔心了。

第一八三章
閱兵大典

趙佶疑惑地看了沈傲一眼。

黑幕之中，有一列人影出現，彷彿他們本就從黑暗而來，

他們面無表情，昂著頭，挺著胸，腳步整齊劃一的走動，

每一次長靴落地，都響起一陣踐踏的聲響。這就是武備校尉？

到了傍晚，宮裏的酒宴開席，講武殿裏喜氣洋洋，宮女、內侍來回穿梭，太后和太皇太后、皇帝、嬪妃、皇子、帝姬分別坐下，沈傲挨著夫人在一處角落坐著，與皇子、帝姬們毗鄰。

這宮裏頭的父子情分畢竟淡薄了一些，皇帝的兒女多，因而皇子、帝姬們距離趙佶的位置足有數十丈之遠，趙佶未舉杯，所有人也不說話，只等正主動了筷，酒宴才正式開始。

沈傲的目光落在不遠的安寧身上，安寧與一個小皇子坐在一起，這小皇子奶聲奶氣，跪坐在地上卻總是不安分，偏偏又要作出一副大人的樣子。

安寧今日眼眸汪汪映著綠波，儘量避嫌似地撇向他處，不敢和沈傲對視。那如透明一般烏黑的頭髮，挽了個公主髻，髻上簪著一支珠花的簪子，上面垂著流蘇，她與那小皇子說話時，流蘇就搖搖曳曳的。白白淨淨的臉龐，柔柔細細的肌膚。雙眉修長如畫，雙眸閃爍如星，小小的鼻樑下薄唇輕抿，與那小皇子說話時嘴角微向上彎，帶著點兒哀愁的笑意。整個人顯得清新脫俗，簡直不帶一絲一毫人間煙火味。

她穿著件白底綃花的衫子，白色百褶裙，坐在那兒，端莊而高貴，文靜而優雅；純純的，嫩嫩的，像一朵含苞的出水芙蓉，纖塵不染。

周若靠得沈傲最近，輕輕擰了沈傲一把，低聲道：「看著人家帝姬做什麼！死性不改！」

沈傲將目光收回，尷尬一笑，輕聲道：「看看也不行？」

周若略帶醋意道：「家裏這麼多還看不夠。」挺著小身板，突而又笑面如醫地倚著沈傲，低聲道：「我想起來了，她就是安寧？」

沈傲低頭，吱吱唔唔地道：「嗯，這個，今日天色不錯，啊呀，我頭有些疼，是不是食物中毒了。」

蓁蓁在沈傲右側，慍怒地看了他一眼道：「你都還未吃，中什麼毒。」眼波兒一轉，朝向安寧看了一眼，道：「這個帝姬倒是生得不錯，就是不知道性子如何？」

沈傲悶著臉道：「性子壞透了。」

蓁蓁見多識廣，最是聰明，沈傲哪裡會不知道她刻意挖下一個陷阱，若是說安寧性子好，誇得她一朵花似的，肯定要遭罪。

酒宴正式開始，沈傲喝了幾杯酒，氣氛總算熱絡了一些，趙佶生怕大家不肯盡歡，特意囑咐不必拘泥，那邊幾個膽大的皇子已經走動了，蓁蓁站起來，端著一杯酒，道：「我去和那安寧說說話。」

沈傲手心捏了一把汗，周若也站起來，道：「我也去。」

有了周若這搗蛋鬼，沈傲後脊的衣衫都濕了，看著唐茉兒端坐不動，心裏慶幸：

「還是茉兒乖巧，知書達理的人家果然不一樣。」

誰知唐茉兒也突然站了起來，道：「我也去看看。」

三女一齊蓮步移向安寧的座位，沈傲無語，低頭喝悶酒不說話，安寧眼見有人過來，也略帶幾分緊張，再接著，四個女人湊在一起，帶著一個奶聲奶氣、時不時發表一番議論的小皇子湊成一桌低聲談笑起來，有時那一桌人突然瞥向沈傲，沈傲感覺著不同的目光，端正態度，故意鎮定自若地舉杯自酌。

這一場酒宴，在沈傲看來比任何時候都要漫長，期間三皇子和祁王幾個過來敬了一趟酒，沈傲藉故和趙模閒扯幾句，藉以掩飾住尷尬。

正在酒宴行將進入尾聲的時候，淑妃突然蓮步過來，瞥了沈傲一眼，目光落在沈傲身側的座位上，道：「沈大人，本宮可以坐一下嗎？」

沈傲打起精神，正色道：「娘娘請坐。」

淑妃款款坐下，打量著沈傲道：「都說沈大人英姿倜儻，今日一見，果然非凡。」

沈傲知道她還有後話，因此並不打斷。

淑妃繼續道：「你和安寧的事木已成舟，本宮也不怪責你，陛下那邊也已經鬆了口，下嫁也只是早晚的事，本宮敬沈大人一杯吧，願你將來能好好待她。」

沈傲舉杯，陪淑妃喝了一杯，淑妃淡然地起身離座，目光瞥向安寧，突然感慨地道：「御花園裏做出如此悖逆之事，很是不妥，往後不要再這樣沒有規矩了。」

沈傲反而鎮定下來，笑道：「是。」

酒宴終有曲終人散的時候，那邊楊戩正色入殿，躬身行禮，朗聲道：「陛下，正德門那邊已經安排好了，汴京百姓傾城而出，都來觀禮了。」

趙佶略帶激動地頷首，朗聲道：「難得今日是除舊迎新的好日子，大家夥兒也該樂一樂，都到正德門的觀禮台去，與民同樂吧。沈傲，你到朕的身邊來。」

沈傲站起來，躬身應了一聲，一行人浩浩蕩蕩地到了正德門，正德門的城樓已經修葺一新，這城樓分爲三層，一層是一些王公大臣，二層則是皇子、帝姬，最上一層，則是兩后、趙佶和嬪妃；這事兒是沈傲提出來的，沈傲當然得陪在皇帝身邊講解。

太后對這些事也不懂，先是叫沈傲到一旁來，問這裏頭的規矩，沈傲在旁解釋：「禮部那邊定下來的規矩是這樣的，先是放禮花，而後是陛下當著城樓下的百姓下詔，此後才是重頭戲，由武備學堂的校尉接受陛下校閱。」

「校閱？這好好的年三十，見了刀光劍影的，終歸有些不妥吧。」太后顯得有點兒不悅。

坐在一旁的太皇太后突然冷漠地道：「我大宋靠的就是刀光劍影和士大夫坐的江山，此時校閱，正是陛下重視武備的舉措，好得很呢。」

太后不理會太皇太后，只向沈傲問道：「是這樣嗎？」

沈傲道：「這是沒錯，如今雖是天下太平，所謂君子以除戎器，戒不虞。夫兵不可玩，玩則無威；兵不可廢，廢則召寇。昔吳王夫差好戰而亡，徐偃王無武亦滅。故明王之制國也，上不玩兵，下不廢武。我大宋不爲黎民生計，自不能輕啓戰端，卻也不能忘戰，忘戰必危。」

太后抿嘴笑了笑，道：「就你說什麼都有道理的。好，哀家倒要看看那個武備學堂能校閱出個什麼來。」

趙佶從城樓處出現，護城河外熙熙攘攘看不到盡頭的百姓暫態爆發出一陣陣頌揚聲，這樣的場景，讓趙佶將方才的重重心事一下子拋諸腦後，竟是忍不住朝人群招了招手。如今這裏已點上了無數的孔明燈，懸浮在半空中，亮如白晝，過不多時，煙花四起，隨著一陣陣轟鳴，七彩繽紛的煙火激射進半空，絢麗無比。

這是大宋有史以來第一次慶典，雖然許多規矩尚未成熟，卻也有模有樣，好在汴京本就人多，有了趕廟會的經驗，這一場盛大的慶典還不致出差錯，四處都有禁軍維護次序，不怕出現踐踏、混亂。

趙佶俯瞰著樓下的芸芸眾生，突然生出一股豪情，普天之下莫非王土，率土之濱莫非王臣，原來並不只是一句空話，看到那些熱情洋溢的卻又有些模糊的臉，那人頭攢動之處四處的頌揚，趙佶扶著牆垛，目視遠方，眼眸之中，變得鎮定異常。

沈傲在一旁看了趙佶一眼，突然發覺，眼前的這個皇帝有點兒陌生，怎麼說呢，好像是換了一個人似的，在從前，趙佶更像是個詩人或者畫家，渾身上下雖有貴氣流露，可是骨子裏卻有一種詩情畫意的書卷氣。只是現在……現在的趙佶沉穩篤定，大有一副天下盡在掌握的豪邁。

冷風朔朔，站在這風口上，面龐被冷風吹刮，一旁的楊戩在側小心地提醒道：「陛下，這裏冷，不如進裏頭歇一歇。」

趙佶回眸，眼眸中鎮定自若地道：「朕就站在這裏，來，宣讀旨意吧。沈傲，你站到朕的身邊來。」

沈傲站在趙佶的身邊，心思卻和趙佶不同，高處不勝寒，這是他最直觀的體會。

趙佶手指城樓之下：「沈愛卿，你看到了嗎？」

「微臣看到了。」

「你是怎麼想的？」

「微臣想到的是庶人之怒，伏屍二人，血濺五步；天子之怒，伏屍百萬，流血漂櫓，萬民的生死榮辱維繫陛下一身。」

趙佶呵呵一笑，道：「沒有錯，原來朕還擔著這麼大的干係，從前爲何就不知道呢？」

正是這時，鳴金響起，隨即一個身著大紅禮服的太監扯高了嗓子，拿著一份聖旨站出來，朗聲道：「制曰……」

聖旨一下，人群紛紛跪下，這聖旨到底念的是什麼，誰也聽不清，早被風兒吹散，等到聖旨念畢，仍舊是高呼萬歲之聲。數十萬人的聲音交響一片，雖有凌亂，卻仍是氣勢如虹。

接下來，便是武備學堂出場了，沈傲和趙佶扶著牆垛，都略帶激動和不安，重軸戲在這裏，千萬不能有任何閃失。

遠處傳出隆隆炮響，這是校閱的信號，隨即鼓聲轟鳴起來，彷彿連大地都不禁顫抖，城樓上，巨大的鼓聲伴隨顫音越加急促，連著沈傲的心跳也不禁隨之跳躍起來。

所有人屏住了呼吸，在鼓聲之中，一雙雙眼睛一動不動的望向御道的盡頭，盡頭是一片黑暗，黑暗之中，卻又彷彿有一股力量在蠢蠢欲動，他們……就要來了！

黑暗之中，穿著殿前司禁軍鎧甲，帶著青銅范陽帽的校尉無聲集結，韓世忠的第一隊在最前，因此他的干係最是重大，整個校閱能否成功，韓世忠的擔子不輕。

韓世忠挎著刀，眼眸在黑暗中深邃無比，檢查了著裝之後，低聲道：「諸位校尉，武備學堂的命運盡皆託付給你們了；都不要害怕，不必緊張，像平時操練那般去做。」

校尉們挺直了腰，齊聲道：「遵命。」

禮炮已經響了，鼓聲轟鳴，那幾分緊張漸漸地隨著鼓點消逝，韓世忠帶著隊，站在隊首，道：「掌旗，挺胸，昂頭。」

站在韓世忠身後的兩個校尉執起旗來，一面繡著仁字的大旗在黑夜中招展。

克己復禮爲仁，這是武備學堂的中心思想，只有克制自己的欲望，提升自己的修養，才是真正的武者，所謂修身齊家治國平天下，在武備學堂同樣是主旨中的主旨。

大宋揚文抑武並非沒有道理，武夫當國則極容易傭兵內亂，大宋建立之前，唐末節度使林立，擁兵自重，互相兼併，相繼出現五代十國，其境內節度使亦多跋扈。宋太祖趙匡胤統一全國後，繼承周世宗柴榮政策，加強中央集權，逐步削奪節度使之軍、政、財權。宋太宗又詔令所有節度使屬下的支郡都直屬中央，以朝臣赴本州治理政事。此後，節度使成爲加授的榮譽職銜。

自此之後，一個死結也就出現了，能打仗的武夫受到歧視，而國家在外力環伺之下，又不得不起用他們。結果就是監軍盛行，以宦官、文官控制邊鎮的風潮流行。這也使得一批宦官如童貫，文臣如大小種相公得到了施展的機會。問題是，更多的邊鎮監軍與武將之間離心離德，使得軍隊的戰鬥力一年不如一年，戰爭時，監軍往往橫生掣肘，使得經驗豐富的武官不得不聽從外行人的指點。

一個新的模式產生了！在朝廷看來，武官之所以飛揚跋扈，之所以擁兵自重，最重要的是他們大多沒有文化，不懂得仁義禮義的道理，所以一切軍事大權只有握在文臣手中才能放心。

現在，嶄新的力量出現了，這是一群飽讀詩書的年輕人，一群訓練有素的校尉，他們秉承著克己復禮的思想，站到了沈傲為他們搭設的舞臺上，能否讓武備學堂更加壯大，就看今日！

整齊的隊伍挺直了胸膛，昂起了頭顱，所有人面無表情，高高地抬起下巴，傲然凜立。

整個隊伍猶如一條筆直的長線，彙聚成整齊的方陣，每個人的間距，每個人的位置都絲毫不差，足足四個月的操練，讓每個人都成為了方陣中的棋子，這些棋子略帶激動，略帶驕傲，略帶著一股勇往直前的銳健，猶如初生的牛犢躍躍欲試。

遠方的喧鬧聲時不時地傳出來，他們在等待，校尉們也在等。

夜，已經很深了；濃墨一樣的天空，掛著一彎月牙、一絲星光卻都不曾出現。偶爾有一顆流星帶著涼意從夜空中劃過，熾白的光亮又是那般淒涼慘然。風不知是幾時刮起來的，開始還帶著幾分溫柔，絲絲縷縷的，漫動著枯黃的柳梢、樹葉，到後來便愈發迅猛強勁起來，擰著勁的風勢，幾乎有著野牛一樣的凶蠻，凜冽的朔風在低吼。

當三通鼓畢，韓世忠眸光一亮，眼眸中迸發出一絲精芒，長靴頓地，高聲呼道：「前進！」

方陣悄無聲息的在風聲中踏步向前，隊列整齊，安靜無聲。

遠處的孔明燈越來越亮，越來越近，隱隱可以看到，在遠處，被禁軍攔在御道外的百姓，那一顆顆攢動的人頭，伸長著脖子，瞇著眼，屏息著看著御道的盡頭。

這個時候，喧鬧靜止了，誰都想看看，那傳說中彷彿有著三頭六臂的武備校尉是什麼樣子，看看他們是不是有鐵塔一樣的身軀，有砂鍋大的拳頭，他們會不會手裏拿著法器，會不會當著所有人的面大聲念咒，或許念完咒之後，會有電閃雷鳴！

啊呀，糟糕，早知應該穿著蓑衣來，待會兒要是他們呼風喚雨起來，豈不是要被淋個通透？

當然，文人墨客們是不信鬼神的，他們對所謂的校尉不屑一顧，校尉當然不會有三頭六臂，也不會呼風喚雨，武備學堂最厲害的當然不是校尉，而是那位司業，那位司業一定是臥龍鳳雛一般的人物，他們望著城樓上皇帝身邊的那個傢伙，心裏在猜測，那沈傲會不會戴著綸巾，手裏拿著一副羽扇。

許多的猜測伴隨著無數的期待，所有人都目不轉睛，屏息等待。

喀……喀……喀……喀……

御道的盡頭，有一個聲音，一個整齊劃一的聲音越來越近，若是注意聽，會有人發現，這是長靴頓著磚石地面的響動，最奇怪的是，這聲音不像是一個人發出的，卻是如此的整齊。

喀……喀……喀……喀……

所有人的心都提了起來，更多的猜測隨之而來，這種聲音，若是認真去聽，卻好像美妙無比，讓人生出一種濃重的壓迫感，彷彿泰山即將崩於眼前，彷彿是風雨欲來的前奏。

趙佶也聽到了，他臉色微愕，從風聲中分辨這個聲音，又不由疑惑地看了沈傲一眼，彷彿是在問他，這是什麼？沈傲只是淡笑。

黑幕之中，有一列人影出現，彷彿他們本就從黑暗而來，他們面無表情，昂著頭，挺著胸，腳步整齊劃一的走動，每一次長靴落地，都響起一陣踐踏的聲響。

這就是武備校尉？

有人開始失望了，原來他們只有一顆腦袋，只有一個身體，也和所有人一樣都有兩隻手臂兩條腿，他們既不過份的魁梧，也沒有砂鍋大的拳頭，他們……很普通。

可是很快，有人發現了什麼，收斂了他們心中的輕蔑，不由像看怪物一樣地看向他們，他們……還是人嗎？

是人，怎麼會好像一點生氣都沒有，只是昂著頭，只是按部就班，而且，他們排列的實在過於整齊，雖然不斷前進，可是所有人的腿都在同一時間提起，又在同一時間落下。

禁軍的操練，也有人看過，舞大刀的，刺長槍的，敲鑼的，打鼓的好不熱鬧，可是這樣的操練，那種無聲之中，給人一種直透心底的冷冽。

越來越多的隊列出現，踏步聲越來越大，卻仍然沒有一絲雜質，清脆而有節奏。昂著頭的少年們從御道的盡頭一步步踏過，躍過人群，躍過禁軍，眼看就要到正德門。

這就是武備校尉！

到了這個時候，所有人都不得不承認，武備校尉的軍紀絕對天下無雙，彷彿眼前便是出現成千上萬的敵人，他們也會毫不猶豫地踏過去，不會有任何遲疑。

趙佶不禁暗暗點頭，那種整齊劃一的感覺，讓他不禁感慨地道：「號令如一，縱論古今，唯武備校尉而已。」

這時，太皇太后和太后也踱步過來，在眾人簇擁下興致勃勃地看起來，太后忍不住地道：「陛下，他們在天子面前昂頭，是否逾越了？」

太皇太后欣賞地看了沈傲一眼，道：「昂頭挺胸，方有男兒氣概，不算逾越。」

趙佶情不自禁地點頭：「你看，他們昂著頭，都是看著朕的。」他抿了抿嘴，有股衝動想向他們招招手，卻最終還是忍住了這股衝動，只是看著那五個方陣發呆。

隊伍已經到了正德門，突然，鏗鏘一聲……

長刀出鞘的吟聲豁然而出，韓世忠拔刀，刀鋒指向天穹。

所有人都嚇了一跳，便是站在城樓上的趙佶也不由自主地打了個顫，當著皇帝，當著滿朝文武，當著嬪妃、皇子、帝姬的面突然拔刀，他們這是想做什麼？

鏘……校尉們整齊劃一地拔出刀來，鋒利的儒刀寒芒在孔明燈的照耀下，發出駭人寒芒。

「以吾之血，定國安邦，以吾之軀，護國安民，克己復禮，永保大宋！」

八百個校尉的聲音一齊吼出，隨著踏步的聲音，如林的長刀指向天穹，隨即又是刷的一聲，長刀同一時間回鞘，腳步在轟鳴，聲音隨著寒風回蕩，隊伍漸行漸遠……

方才那一下，氣勢如虹，殺機騰騰，連御道旁手持長槍的禁軍也不禁駭然，差點兒沒有一屁股坐下，這種震撼，讓御道之外的百姓也一時沉默，隨即爆發出陣陣呼聲，連那仍帶著幾分矜持的讀書人，也不由爆發出喝彩。

大宋羸弱了一百年，禁軍的德行誰能不知，建中靖國元年，安化兵亂。四年，昭州酋長之亂。隨即又是方臘之亂，西夏叩關，契丹南下，這一樁樁屈辱，不止是朝廷焦頭爛額，便是安分的百姓亦有一種朝不保夕的感覺。

而那一句話，和校尉們散發出來的壓迫力，無形中是一份安定劑，讓他們生出一絲安全感；國家糜爛日久，終要有一些人挺身而出，去收復失地，去建功立業。武備校尉，恰恰是在黎明的黑暗中出現的一絲曙光。

「萬歲！」

有人激動地大吼，人一激動，就難免需要宣洩。

「萬歲！」

所有的人也隨之大呼起來，也有人叫：「大宋萬歲。」

這一下子，整個慶典變成了萬民的狂歡，一開始設計好的規制都亂了套，有人振臂出來，高呼：「收復燕雲！」

無數人振臂出來：「王師北定，收復燕雲！」

這聲浪差點兒把黑夜都要驅散了，汴京城裏，呼聲不絕，有些沒有參與慶典的，從夜夢中驚醒，先是惴惴不安地聽著動靜，一下子也激動了起來，從街上竄出來，高聲大呼：「收復燕雲了嗎？王師是不是已經到了大名府？啊呀，萬歲，萬歲……」

這一下當真把殿前司和京兆府衙門的官員嚇了一跳，一旦人群瘋起來，那也不是好玩的，這個干係誰擔得起？於是連忙上城樓來覲見，上了二樓，二樓裏的一些年輕的皇子們也激動地大叫：「萬歲，萬歲，殺契丹狗啊，殺金狗啊！」

帝姬們則是一頭霧水，覺得這些男人真是不可思議，喊打喊殺的，過後肯定要給趙佶訓斥。

京兆府府尹搖搖頭，殺契丹狗？人家契丹使節還在樓下呢，那是盟邦；不過皇子們都是少年心性，尙可理解！

等那京兆府府尹上了三樓，燈火中這城樓裏人影綽綽，也看不清誰是官家，納頭就拜道：「陛下，爲免生枝節，是不是該派禁軍和差役上街彈壓，施行宵禁？」

他話音剛落，便聽到耳邊有人叫道：「收復河套，收復燕雲，萬歲，萬歲！」

他擦擦眼，以爲自己聽錯了，哪個傢伙這麼大膽，居然敢當著官家的面大聲喧嘩，朦朧中好不容易看清大叫之人，卻是沈傲沈大人，沈傲這時還在那喊著：「殺契丹狗，殺西夏狗，殺他娘的。」

府尹無語，這哪像個少傅，怎麼和那些個市井流民一個德行，不過沈傲他是不敢彈劾的，耳邊又聽到有人道：「金狗也要殺。」

「對，還要殺金狗，萬歲！」

府尹抬頭，要看那殺金狗的是誰，卻是捋著袖子臉頰通紅的趙佶，他……無語……

第一八四章
鑒賞之道

沈傲笑呵呵地道：

「鑒賞之道，最怕的就是拘泥禁錮了自己的思維，

作舊偽造者也是人，是人就會犯錯，就算他再高明，也一定會留下疑點，

微臣不過是仗著知識淵博些，用各種假設去推論罷了。」

「陛下……」京兆府府尹硬著頭皮低喚。

那要殺金狗的趙佶緩過勁來，那種高呼萬歲的聲音，讓人熱血沸騰，還有那武備校尉沿著御道驚鴻而過的場景，牢牢地烙印在趙佶腦海，置身在這種場景之中，偶爾胡鬧，倒也算不得什麼。

趙佶哂然一笑，露出如沐春風的笑容，一切的不愉快，還有那京畿北路的隱憂剎那之間變得不再重要了。

「聽，外頭的呼聲！」趙佶打斷府尹的話，側耳傾聽。

那回蕩的聲音綿綿不絕，轟隆隆的如波浪一波一波地朝沙灘撞擊，一浪高過一浪。

這種聲音很悅耳，比什麼豐亨豫大，什麼文成武德更深入趙佶的心脾，趙佶突然意識到，這就是大宋，這就是他的天下和他的子民，他第一次感受得如此真切，絕不是那種木偶似的吾皇萬歲和曲意的逢迎。

「愛卿，你要說什麼？」趙佶滿足地笑了，喜笑顏開，這才意識到府尹有話要奏。

府尹不得不大聲道：「陛下，是否施行宵禁，以防不測？」

「宵禁！」趙佶手指著府尹，歡快地笑著道：「出去，快滾出去，傳朕的旨意，今夜你宵禁了，乖乖地待在城樓上，不許走動，不許說話！」

府尹嚇了一跳，連忙道：「臣萬死，臣萬死……」

「還不快去宵禁，來，把他押下去，看住他。」趙佶揮揮手，厭煩地叫他下去；這個傢伙，平白來攪人興致，實在可恨。

宮外頭沸騰了，也顯得有點兒亂，年輕的皇子哇哇亂叫，唯恐天下不亂似的；王公大臣們面面相覷，一時也拿不定主意，晉王、齊王幾個更是從矮牆裏探出頭去招手：「喂，喂，快來，這裏頭就有契丹人，碎屍萬段，把他碎屍萬段。」

那契丹國使耶律大業坐立不安，冷汗都冒出來了，呆呆地坐在那兒，看到周邊幾個時不時露出不懷好意之色的郡王、親王大叫，還有那外頭一浪高過一浪殺契丹狗的聲音，嚇得他面如土色，又驚又怕！

那禮部尚書楊真見狀，連忙過來給這位國使大人消火道：「咳咳……國使大人不必害怕，這……這……哈哈……這是開玩笑的，說笑而已……」

「是……是……我明白，我明白。」耶律大業冷汗淋漓地苦笑表示理解。

那邊有人又是大叫道：「禁軍呢，護衛呢，沒聽到嗎？殺契丹狗，城樓裏就有一個。」

楊真無語，尷尬地道：「笑言爾，笑言爾。」

耶律大業眼淚都快要流出來了，強忍著害怕，小雞啄米地點頭，左右膽戰心驚地四顧，生怕真有禁軍進來，還不忘道：「對，對，笑言，笑言……」

樓上真真切切地聽到趙佶的聲音：「契丹辱我大宋，該死，該死！朕有朝一日，必要夷滅耶律九族！」

耶律大業的雙腿不禁地打起了哆嗦，這一下真的不聽使喚了，牙關咯咯地在響。楊真坐在他身旁，笑道：「今日難得這麼喜慶，官家也愛說笑的，再者說了，宋遼盟誓是我大宋國策，更是沈大人一力促成，有沈大人在，自然會勸諫陛下慎言。」

耶律大業臉色青白，哆嗦著口齒道：「是，是，我知道，我知道。」

正是這時，又聽到沈傲的聲音在大叫：「殺光了契丹狗還要殺金狗……」

耶律大業眼睛都直了，整個人呆滯地看著楊真；楊真一拍大腿，心裏罵，一群混賬，一群混賬，這屁股老子也不擦了！站起來，朝著遠處的戶部侍郎打招呼：「趙大人，哈哈，老夫今日想起來了，今次的慶典還有些花費還沒有和戶部核實……」

留下一個耶律大業，真是欲哭無淚，既擔心又害怕，時不時看到幾個皇子從樓下竄下來，口裏大叫：「皇叔，皇叔，契丹狗在哪裡？」

我的娘，快跑！耶律大業立即離了座，躲到人堆裏去，本來今個兒天氣冷，他穿的是契丹特色的狐裘皮衣，還帶著頂圓頂暖帽，這一下是不敢穿了，尋了個機會把皮裘和帽子脫下，丟在一處角落，只穿著一件內衣，瑟瑟發抖地蜷在角落裏一動不敢動。

這一夜的狂歡足足折騰到了天亮，事後想起來，誰也不知爲什麼會如此熱情，反正看到別人宣洩似地大叫，整個人都變得火熱起來，這種從眾的效應持續了半夜，終於隨著體能的耗盡抽絲剝繭地消耗一空，各自回家，該吃的吃，該睡的睡。

兩后、嬪妃和帝姬們吃不消，早就受不得這些「瘋子」，子夜時就各回寢宮睡了，不過外頭這般喧鬧，倒也沒幾個能睡下。

等到黎明的曙光撥開黑霧，趙佶仍然興致勃勃，他的嗓音有點嘶啞，看到冷清清的宮牆和疲倦的禁軍、皇子、王公大臣，抖擻精神，對沈傲道：「武備學堂要賞，你也要賞，這一次你替朕辦了一件大事，回去候旨意吧，朕不會薄待你。」

沈傲道：「陛下打算賞賜武備學堂什麼？」

趙佶心情好極了，略帶疲倦地道：「教官、教頭、博士都晉一級吧，各人賞銀百兩。至於校尉，朕倒是一時拿不定主意。」

沈傲道：「給校尉們封官進爵不合適，自己的前程，該他們自己去建功立業，憑著一個校閱就封官許願大爲不妥。不若這樣，他們既是天子門生，陛下總得給他們賜予一個信物，不如打製徽章，讓他們日夜佩戴，以示尊崇如何？」

趙佶笑了笑，道：「你是說做幾個魚袋給他們？」

沈傲道：「魚袋就免了，不知道的，還以爲他們是官呢，不如這樣，就做一個雕刻成字的鐵章，作爲身分證明。」

趙佶打了個哈欠，道：「好，只是這件事要等年後辦，你先上一道奏疏上來。」

沈傲謝了恩，趙佶道：「你也累了，回家歇去吧，楊戩，去，叫幾輛馬車，送沈傲和沈夫人們回家。」

一下子清靜下來，沈傲縱是年輕，也有些熬不住了，一上馬車，又睏又餓，聽到街邊有賣炊餅的，乾脆叫馬夫買了兩個在車上吃，自他做了官，已經很久沒有嘗過炊餅的滋味，吃了幾口，倒是頗有滋味。

一夜狂歡，街道一下子凋零下來，可是地面上卻到處堆積著各種垃圾，遺落的紙扇、碎紙、頭繩，讓人看得刺眼，沈傲從車簾裏往外看，心裏大義凜然地想：「這些傢伙當真是素質低下，好好的街道被他們糟蹋成這個樣子，本大人要是京兆府府尹，一定要立個規矩，誰敢亂扔垃圾，就讓差役抓住，罰銀一貫以儆效尤。」

心裏想罷，精神立即得到了昇華，彷彿天下一切美德都附身在體內，有一種登高俯瞰芸芸眾生的成就感；隨手將包裹著炊餅的油紙兒往車窗外一拋，心滿意足地斜躺在車廂裏的軟墊上，昏昏睡去。

也不知是什麼時候回的家，更不知道是誰扶著他進了寢室，反正等他醒來時，已經睡在了茉兒的房裏，鞋子脫了，衣衫也換了，他伸了個懶腰，腦袋還有些昏昏沉沉，突然想起什麼似的，啊呀一聲，忍不住道：「不好，今日是大年初一，許多人家還沒有拜年呢。」

那邊門兒被唐茉兒推開，恰好聽到了沈傲的話，不由地笑道：「拜個什麼年，今兒這汴京城裏頭冷冷清清的。」

沈傲忍不住問道：「這是爲什麼？」

茉兒不由地笑了，過來一邊給沈傲穿衣，一邊道：「你還問，昨夜汴京城裏有幾個睡了的？現在都睏得不行，偶爾有幾個強打精神的去走親訪友，可是到了人家門前，看到親友那裏大門緊閉，還好意思叨擾嗎？眼下各家都是叫人拿著名敕去送一下，也就算盡了心意了。」

沈傲摸了摸鼻子，忍不住笑道：「如此說來，正好免了這些虛禮，好，今個兒我也不出門了，等下看你爹和陳先生下棋去。」

茉兒說得沒有錯，今年的大年初一，非但沒有了往年的熱鬧，實在過於冷清了一些，各戶都是大門緊閉，門可羅雀，一直到了傍晚，才偶爾有幾個零星的人出來，相互見了，都是一副睡不飽的樣子，帶著嘶啞的聲音相互問了一聲好。

這種場景，真是前所未見，可是想起昨夜的胡鬧，任誰都是莞爾一笑，只覺得有些瘋癲卻不覺得過份。

武備學堂那邊大清早的也都放了假，讓校尉和教官、博士們回家過個年，他們在眾人的搖頭嘆息聲中進學，如今回鄉時卻又是一陣陣嘖嘖稱羨。

到了傍晚，沈傲帶著夫人們去了祈國公府一趟，給周正和夫人見了禮，眾人樂呵呵地閒聊幾句，也都是一團和氣，又打發人去楊府，越是這個時候，楊戩就越是腳不沾地，不到元宵也是出不了宮的，所以拿了名敕到他府上去意思意思也就夠了。

一直到了入夜，街面上才又恢復了熱鬧，睡了一個白天，人們又精神奕奕起來，汴京的大年初一透著一股懾人的寒氣，卻阻擋不住拜會親友的熱情，家家煙囪冒起了炊火，小戶人家迎來往送，提著甜糕、白糖相互送禮拜年。

大家見了面，便問候一句：「昨夜可去了御道嗎？」彷彿去御道觀禮，是一件極其光彩之事，少不得要吹噓一下。

倒是街面上的禁軍顯得有些無精打采，原本禁軍號稱天下強軍，乃是大宋精英中的精英，如今與校尉們一比，真是一個天上一個地下，各種流言也多，總而言之，許多人看他們的眼神，少了幾分敬畏，而多了幾分值得玩味的輕蔑。

倒是殿前司的人沾光了不少，校尉穿的衣衫和他們一樣，他們穿著這衣甲出去，少不得被人行注目禮，有的還要湊上去攀談幾句，只是這樣一來，也讓殿前司多了幾分尷尬，別人一問，兄台可是武備學堂的校尉？這該怎麼答？

臉皮不夠厚的，見了有人過來就躲了，臉皮厚的抬頭挺胸：「哈哈，不足掛齒，不足掛齒。」

沈府一到夜裏，這人就多了，平常的同僚，相互送些名敕也就罷了，可是在汴京裏常住的校尉們卻不能單單送個名敕來，這是規矩，天子是他們的第一個老師，而他們，同樣也是沈傲當之無愧的門生。

但凡是門生，就少不得要登門拜訪，這是禮，比一切道理都大，這個世上最親近的人，父子算一個，兄弟算一個，師生也算一個。所謂一日爲師終身爲父，誰要是悖逆了這一條，那真真不必做人了。

一般沒有回鄉去的校尉，有的是家裏實在太遠，學堂只放了兩旬的假，打個來回都不夠，所以只好在學堂裏寄住著，這些人來拜訪，沈傲就乾脆留他們在家裏過年，圖個熱鬧。

另外一群校尉家裏本就住在汴京的，都是小侯爺、小公爺們居多，都是備下了厚禮，雄赳赳氣昂昂地進來，一見沈傲納頭便拜，說了許多感激之話，又去向師母們問安，規規矩矩，服服貼貼的。

沈傲今日才知道這種做人老師的快感，便免不了學了唐嚴的口氣，說幾句道理：「雖是放假，可是功課也不能落下，博士們發下的題要記得去做，不是叫你們畫汴京的測繪地圖嗎?好好畫，能不能畫出來是能力問題，畫不畫是你的態度。還有，每日起來，該操練的要操練，要做到在學堂和在家裏一個樣，克己復禮這四個字，要牢記著，不能當作空話。」

校尉則是挺直著胸，道：「遵命。」

接著就是一些家裡長短的話：「家裏還好嗎？」諸如此類。

送走一個又一個人，沈傲夜裏叫人張羅了酒菜，陪駐留在汴京的外鄉校尉們吃，四五十個人都是挺著腰坐著，等待酒菜都上齊，沈傲舉起筷子：「吃吧，不必客氣。」大家才整齊地去舉筷，慢吞吞地吃起來。

這種吃飯雖然痛苦，可是校尉們習慣了，改不了，在武備學堂，規矩就是規矩，操練有規矩，授課有規矩，就是吃飯睡覺也有規矩，沒有任何差池，規矩一多，習慣就出來了，雖然坐著吃飯，卻無人喧嘩，無人弓腰言笑，無人大快朵頤，整個氣氛，安安靜靜的，只有那微不可聞的輕聲咀嚼。

便是舉杯喝酒，也是沈傲先開個頭，接著大家嘩啦啦地一齊舉杯，停在半空不動，等沈傲說了祝詞，才一口將杯中的酒水喝乾。

在旁伺候著的劉勝，眼睛都看直了，大過年的，哪有這樣吃飯的？不過看到所有人都習以爲常的樣子，也不好說什麼，連招呼的話都說不出了，低眉順眼地指揮著下人端茶倒酒。

陳濟在中途也過來一次，遠遠地過來，校尉們眼尖，紛紛站起來，道：「陳先生好。」

陳濟也是經常去武備學堂授課的，沈傲當然不能給他安排一個胥吏的差事做，乾脆自己立了一個名目，叫客座博士，類似於臨時工，也不向兵部那邊報備，直接讓他去和學生們授課。

兵部那邊也知道這事，不過沈楞子的事，別人也不敢管，只好睜一隻眼閉一隻眼，從前那陳濟是燙手山芋，誰要是沾上他，難免怕得罪蔡太師，可是如今不同，陳先生是沈大人的老師，那蔡京膽子再大，還敢動到他的頭上？惹得沈楞子興起，帶人把太師府抄了都是沒準的事，你得把握人的心理，沈楞子這種人，什麼事做不出的？

陳濟含笑著朝他們擺手：「都坐下，坐下說話。」

眾人繼續用餐，一夜無話。

到了初二，前來拜訪的則是下屬，鴻臚寺的主簿、郎官，還有武備學堂的博士、教官，韓世忠和楊林都是在下午來的，沈傲留他們到後堂裏說了一會話，二人覺得頗有面子，能讓沈大人留著說幾句話，自然是被沈大人當作是心腹了。

韓世忠倒是好說，沈傲只是叫他組織人手，儘量寫出一份行軍打仗的注意事項來，大致是想編纂一本軍事教科書，這年代，大多數人還在讀各種各樣的兵法，什麼孫子、孫武固然厲害，可是太籠統，對學習不起幫助，說得難聽點，那種兵法書幾乎沒什麼用處，否則人人捧著一本孫子兵法去打仗，那豈不是個個孫子轉世？

沈傲需要的是經驗，恰恰這位韓世忠的經驗最是豐富，交戰、臨陣、行軍、紮營，他掰著指頭都能說出個一二來。

比如人要喝水，牲畜也要喝水。輜重、糧草要是順著水路走，也可以節省牲畜運力，所以大軍行動儘量要沿著河流行進，沒有水源，這仗還沒打軍隊就要亂。在南方打方臘的時候倒也沒什麼，那裏水網交錯，所以也不必注意這個，可是若要和契丹、西夏人交戰，那麼先探查河流、谷道就是重中之重。

還有紮營，紮營的時候，整地之外要有外溝，內要有內溝，要留下大軍集結出動的大路，要有埋藏火藥的地窖，茅廁要遠離水源，還要及時放出斥候，一旦斥候不能及時回來，就要注意了，要立即組織騎兵隊前去搜尋。行軍的時候要穩，走半天，剩下半天時間要用來紮營和拔營，夜間必須要有親兵巡夜做執法隊，凡有夜間喧嘩者斬首；不然一旦炸營，後果不堪設想。

還有紮營要選平地，要在水源和上游佈置護衛哨探，附近有高地的話，要派人去駐守，牲畜飲水要放在下游，人飲水洗漱要在上游，飲水前先牽一頭牛馬喝，無事後人才可以取用，能燒開儘量喝開水等等。

這些知識，才是校尉們應該學習的，至於如何用兵，那得靠他們自己的悟性，送他一本孫子兵法有個屁用。

韓世忠接了使命，興高采烈地去籌備了。至於楊林，則是小心翼翼地掏出一個單子，小心翼翼地道：「大人，這是今年各國使節的孝敬，你看一看。」

沈傲點點頭，接過單子略略掃了一眼，把單子放下，才是道：「差不離就行，分下去吧，大家都過個好年。」

就在整個汴京都呈現著一派歡樂喜慶的時候，邃雅周刊卻是登了一個消息，京畿北路反了。

乍一看這標題，便嚇了所有人一跳，京畿北路在哪裡？距離汴京，也不過是兩三天的日程，那裏反了，可不是鬧著玩的，說不定現在賊軍就要殺到汴京城下，這可如何是好？

於是順著文章看下去，文章裏如實的報導了賊軍的軍情，如聚眾三萬等等，又說這些賊軍大多是廂軍和流民組成，不足為患，朝廷已派出安撫使和禁軍，做好了萬全的準備，不出數日，賊勢頓平。

這一下終於放心了，原來只是一些廂軍和流民組成的烏合之眾，這倒沒什麼怕的，廂軍的戰鬥力，坊間早有流傳，憑著這些人去和禁軍打，那還不是切腦袋和切韭菜一樣？

文章的最後，則是講起了汴京的城防，城牆高十丈，甕城駐紮多少軍馬，又有弩炮若干，弓箭無數，這些消息，自然大漲了汴京的士氣，若是以往，這種消息透露出來，京裏的大戶少不得要舉家先移居它處的，省得汴京被賊軍圍了城，想逃都沒處逃了。不過眼下透露出來的消息，卻是安穩住了人心，所有人都覺得沒有舉家搬遷的必要。

堵不如疏，越是藏著掖著，那流言蜚語就更加神乎其技，與其如此，倒不如乾脆報出來。

到了初二那天，京兆府就開始上街了，差役們都從家裡拉了回來，開始上街打探消息，這些差役接觸的都是三教九流，對什麼天一教也早有耳聞，所以當日便抓了不少人去，這些人犯直接拉到京兆府，一個個不厭其煩地過審，連那大理寺和刑部也都參與進去，雖然來勢洶洶，卻又秉持著刻意的低調，儘量不去影響節日的氣氛。

歌舞昇平之下，暗流洶湧，沈傲笑呵呵的背後，卻也有隱憂，只是他老謀深算，多少養出幾分喜怒不形於色的氣度罷了。

到了初六那天，宮裏頭來人，說是陛下召見。沈傲立即換了朝服，戴著金魚袋火速入宮。

楊戩在正德門接了他，領著他往講武殿裏走。一路上，楊戩道：「京兆府那邊前前後後拿了七百多人，都是懷疑與天一教有染的，可是這幾日有幾個言官多事，說是陛下要行大獄，鬧得京城人心惶惶，爲了這事，陛下發了很大的火氣，寧殺勿縱，這麼大的事也只能這麼辦。」

沈傲想了想，對楊戩道：「其實那言官說得也沒錯，鬧得太大，不知道的人還以爲發生了什麼大事，人心安定不下來，也是個後患。」

楊戩呵呵笑道：「這事兒你可別和陛下說，陛下正爲這個生氣呢，再者說了，把人放出去，若是這些人出去滋事怎麼辦？」

沈傲只是淡淡地笑了笑，又問道：「京畿北路呢，有什麼消息？」

楊戩道：「方才蔡太師和兵部尚書班諷、禮部尚書楊真已經遞袋子覲見了，多半就是爲了這個事，陛下要咱家來接你，你去看了就明白。」

沈傲想了想，這才明白爲什麼趙佶是叫他去講武殿，只怕講武殿那邊已經有了消息。

進了講武殿，蔡京等人正是欠身坐在殿下，趙佶正撫案咆哮：「好大的膽子，羈押欽差，他們這是要自尋死路的了。」

「沈傲，你來得正好，坐下說話。」

沈傲坐在禮部尚書楊真的下首，看了楊真一眼，楊真憂慮地與他對視一眼，很是焦灼。

沈傲道：「陛下，發生了什麼事，可是招安出了岔子？」

趙佶冷著臉道：「他們不肯接受招安倒也罷了，竟敢把欽差也扣押了。」

沈傲驚詫地道：「現在還有吳大人的消息嗎？」

楊真道：「不知死活。」

吳文彩是沈傲同窗吳筆的父親，如今吳筆在西京那邊做官，現在他的父親生死未卜，沈傲也不由地皺起眉頭，憎惡地道：「爲今之計，只能進剿了。」

趙佶從殿上走下來，道：「高俅那邊做好準備吧！那吳文彩是不是有個兒子是今科的進士？」

沈傲道：「叫吳筆，還是微臣的同窗，吏部那邊把他分到了萬年縣。」

「召回來，朕要撫恤。」趙佶在殿中踱步，不容置疑地繼續道：「還有一件事，門下和兵部那邊要隨時有準備，京畿北路的事瞞不住，西夏人也早晚知道，他們若是這個時候生亂，也得有個準備，門下擬一道旨意給童貫和種相公，加強戒備吧。」

蔡京恭謹地道：「陛下，老臣前幾日就給他們寫了信，想必他們那邊也已經有了準備。」

趙佶欣賞地看了蔡京一眼：「未雨綢繆，唯太師一人而已。」說著揮手叫蔡京等人退下，留下沈傲，對沈傲道：「年過得好嗎？」

沈傲道：「尚好。」

趙佶點點頭，抬眸一笑，道：「朕也還好。」說罷，又道：「除了那京畿北路的事之外。」

沈傲道：「陛下，京兆府抓了不少人……」這件事，他本不想說，可是又覺得不說，傷及了無辜，心裏不安。

沈傲信奉的是在其位謀其政，有多大的本事去做多大的事，換作他還是監生的時候，這種事他顧不來，可是現在他不能不管了。

沈傲不算什麼好人，但是他的原則是，人可以壞，但是就算再壞，也要有自己的底線和堅持，濫殺無辜，就是沈傲的底線。

趙佶的臉色冷下來，道：「你要為那些反賊求情？」

沈傲正色道：「他們是不是反賊還沒有定論，這事還是要小心甄別的好，陛下，不如暫時將他們收押，等到京畿北路的叛亂平蕩之後，再細細審問如何？」

趙佶擺擺手：「聽你的吧，朕召你來，是要問你一件事。」

「陛下請問。」

趙佶慢吞吞地道：「你的那幾個夫人與安寧相比，孰輕孰重？」

沈傲一愣，正色道：「同樣重要。」

趙佶生氣地瞪著沈傲道：「你爲什麼不答安寧更重要一些？」

沈傲苦笑道：「不是不想這樣答，微臣已經很卑鄙了，說了一輩子的謊話，今日在陛下面前，總要說一句實話不是?!再者說了，一個人說句假話不難，難的是說一輩子的謊話……錯了，錯了……是一個人說一句真話不難，難的是說一輩子真話……還是錯了……讓微臣想想這句話叫什麼來著……」

趙佶又氣又笑，吹鬍子瞪眼道：「不必再想了，朕不想聽你胡言亂語，太皇太后今早叫了朕去，說了安寧的事。」

沈傲豎起耳朵，精神振奮地聽。

趙佶道：「太皇太后說，安寧要下嫁，你家的夫人嘛……少不得是要做妾了……」

「陛下。」沈傲連忙道：「陛下，萬萬不可，綱禮倫常，做人總要有個先來後到吧，如此一來，便是安寧做了正主的夫人，微臣的家裏只怕也沒有安寧日子了，微臣對諸位夫人，一向一碗水端平，所以家庭才能和睦，若是陛下如此，微臣的妻子們從夫人做了妾室，就算是安寧只怕也會不安。」

趙佶冷著臉道：「你倒是好，什麼便宜都想占，堂堂帝姬，豈能與人平起平坐，此事不容再議。」

沈傲咬了咬牙道：「陛下三思。」

趙佶淡淡然地道：「怎麼，朕不三思，你還要逼著朕三思？」

沈傲默然了。

「你不說話，朕就當你答應了？」

「微臣不答應，微臣只是在想，微臣還真逼不了陛下。」

趙佶呵呵一笑，道：「金口一言，重若泰山，這件事，你沒有商量的餘地。」

沈傲無奈地道：「再請陛下三思。」

趙佶依然是淡淡然地道：「這也不是朕能做主的，你該去請太皇太后三思才是。」

又是一個僵局，沈傲無可奈何，嘆了口氣，心想娶這帝姬當真麻煩，哎，先耗著吧，慢慢再向太皇太后說情。

趙佶似乎也不想陷入這尷尬的境地，勉強地笑了笑，道：「說起來，恆兒那邊倒是送來了一件朕夢寐以求的書畫，來，朕給你看看。」

叫了楊戩拿畫來，一幅古色古香的畫卷展開，那斑駁的裱紙之上，一幅《女史箴圖》展現在沈傲的眼前。

乍眼一看，便能感受到畫中顧愷之那注重人物神態的表現，用筆細勁聯綿，色彩典麗、秀潤的風采，沈傲忍不住叫了一聲好字，接下來的一句話是：「好一幅贗品，只怕比歲末斐正的摹本還要高明一些。」

趙佶聽到前面的話，臉上的笑容更是燦爛，可是聽到摹本，臉色頓時有些詫異了：「怎麼？這是贗品？」

沈傲笑了笑，指著畫中的仕女道：「陛下有沒有注意到，侍女的神態，顧愷之作畫，有一種朝氣蓬勃的銳氣，可是這幅畫太老道了，原本按顧愷之的風格，也確實老道無比，倒也不算是差錯。可是陛下想想看，顧愷之作這幅畫時，年方幾何？」

趙佶脫口而出：「已經不可考了，不過按照朕翻閱的古籍推斷，應該是在東晉太元十二年。」

沈傲拍手：「正是如此，微臣也曾有過考證，這畫確實是在太元十二年作的，那個時候，顧愷之應當是四十一歲是不是？」

趙佶滿是疑惑：「這又如何？」

沈傲淡淡一笑道：「微臣還知道，顧愷之在太元十二年期間，還作過一幅《鳧雁水鳥圖》，陛下可有印象嗎？」

趙佶道：「這幅畫朕只看過摹本，應當沒有真跡流傳。」

沈傲笑道：「陛下以爲那幅畫如何？」

趙佶眼前一亮：「那幅畫銳氣盎然，卻老道不足，神韻斐然，灑脫颯爽，可是卻失了一點老道。」

「對！」沈傲點頭，敲打著桌面興致盎然的道：「每個人的作畫風格都是會變的，四十歲的顧愷之，最是看重神韻，與同時期的畫師一樣，都有一種出塵放浪的風采。可是顧愷之的畫作直到五十歲時方達到了人生的頂峰，既是神采飛揚，有一種飄逸磅礴的氣息，在畫筆方面，也趨於老道。這幅贗品將顧愷之的畫模仿的惟肖惟妙，可是卻忘了顧愷之作畫的時間，顧愷之作這畫時，絕不可能用如此老道的筆鋒去作畫。」

趙佶聽了沈傲的推論，忍不住拍手道：「聽君一席話，痛快！原來鑒賞畫作，還可以從畫師的年齡去推斷，朕只顧著去看畫上是否有作舊，又只顧著看這畫是否有顧愷之的風采，竟是遺漏了這一點。」隨即嘆了口氣，笑吟吟的道：「朕鑽研了一輩子的畫，還是不如你這毛頭小子。」

沈傲笑呵呵地道：「鑒賞之道，最怕的就是拘泥禁錮了自己的思維，作舊僞造者也是人，是人就會犯錯，就算他再高明，也一定會留下疑點，微臣不過是仗著知識淵博些，用各種假設去推論罷了。」

趙佶哈哈一笑，連連點頭道：「是這個道理。」

二人又琢磨起這畫，足足花了一個時辰的功夫，終於尋到了一處畫中的瑕疵，已可以確信這是贗品無疑了。

趙佶忍不住嘆道：「作舊僞造之人鬼斧神工，能僞作出這麼一幅畫，朕倒是很想見見他。」

沈傲心裏想：「這大皇子故意將贗品送來，就是要勾起趙佶的胃口，這幅贗品早晚都會拆穿，可是一旦拆穿，反而更能讓趙佶想見一見僞作之人，如此一來，舉薦王相公的事自然就水到渠成了。」

沈傲想了想，心知王相公入朝已不能阻止，淡然一笑，道：「陛下，其實微臣也有一幅《女史箴圖》，等過幾日，微臣送進宮來吧。」

趙佶眼睛一亮，道：「明日就送來吧，朕很想看看。」

沈傲許諾明日進宮送畫，接著隨趙佶去見了太皇太后和太后，太皇太后那邊絕口不提安寧的事，倒是叫沈傲一時不好開口；至於太后卻只是笑著招呼沈傲打葉子牌，趙佶爲沈傲推拒道：「母后，現在天色已經晚了，沈傲是有家室的人，再不回去，有人要擔心的。」

太后只好道：「罷罷罷，哀家是個閒人，你們呢，都是有事要忙的，沈傲，早些回去吧，什麼時候有了閒，進宮來陪陪我這老婆子。」

沈傲笑呵呵地道：「太后可一點都不老，若是臣有個姐姐，想必太后比她還年輕呢。」

沈傲的油嘴滑舌一說，惹得趙佶側目瞪眼過來，沈傲汗顏，這個比喻好像有那麼點不太恰當，太后若是比自己姐姐還年輕，那陛下豈不是讓沈傲摸著頭叫一聲小乖乖了？沈傲連忙噤聲，暗道失策，這馬屁拍到了馬腿上。

太后卻是喜笑顏開，口裏叱道：「胡說八道。」雖是這樣說，卻是喜滋滋的，眼睛忍不住地落到不遠處的梳妝銅鏡上，頓然顯得容光煥發起來。

等到夕陽西斜，沈傲才出了宮去，略帶著一股疲倦，伸了個懶腰，邊上筆直地站著個禁衛，沈傲看了一個魁梧的禁衛一眼，問他：「累不累？」

禁衛不敢答，仍是挺胸站著。

沈傲搖搖頭道：「我看著都累，這麼冷的天呢，真是可憐。」

第一八五章
陣前捷報

捷報傳來，趙佶便立即召三省、六部的官員來問，

大家都鴉雀無聲，被趙佶問及，只顧著說我大宋之福，蒼生之福諸如此類的話。

趙佶臉色有點難看了：「班諷，你是兵部尚書，這捷報莫非有什麼隱情？」

回到家裏，洗了個熱水澡，仍舊是去看陳濟與唐嚴對弈；二人你來我往，唐嚴漸漸地支撐不住了，最終撒手認輸，搖頭嘆氣之餘，才看到沈傲，道：「沈傲，原來你也來了。」

沈傲笑呵呵地道：「隨便來看看，看二位師長下棋，倒是讓我想起一件事來。」

陳濟贏了棋，心情格外的好，將棋子放入甕中，呵呵笑道：「你來說說看。」

沈傲道：「學生打算去招聘一些樂師、琴師、畫師，到武備學堂聽用。」

「嗯？」陳濟頗為疑惑。

沈傲道：「在操練和課外之餘，讓校尉們選琴棋書畫去上課，年終時還要會考，學生還給他們取了個名字，叫才藝班。」

唐嚴捏著鬍鬚搖頭道：「不可，不可，既是武備學堂，豈可叫人不務正業？譬如國子監，雖然也有監生喜歡這些雜業，我也是不肯鼓勵的，玩物喪志，到時耽誤了功課，豈不誤人子弟？」

陳濟卻是闔著眼，眼眸中似乎捉摸到了什麼，道：「唐兄，何不聽沈傲說說他的理由？」

唐嚴哂然一笑：「好吧，沈傲，你來說。」

沈傲正色道：「學生一直在思考，該如何將校尉與普通的軍中老油條區分開，於是創新了許多方法，比如教導他們克己復禮，強化他們的操練，等他們在學堂中養成這個習慣，從軍之後才會對營中的不良現象生出不滿，他們將來大多是虞候、都頭之類的武官，接觸的軍卒較多，因此，當看到軍卒如此懈怠，與自己養成的習慣不符，必然會有抵觸，所以一定會按照武備學堂的規矩對軍卒們進行操練。」

陳濟頷首點頭：「若是一個校尉能改變十個軍卒，一年之後，這一期的校尉放出去，就可以練出八千精卒，是嗎？」

沈傲道：「陳先生說得不錯，可是有一樣最可怕的東西，軍營畢竟是染缸，不是校尉去影響軍營，就是他們受軍營的影響，固然他們接受了克己復禮的教導，可是誰能保證三五年之後，他們不會變成軍油子呢？」

唐嚴道：「這和教導他們琴棋書畫有什麼關係？」

沈傲笑呵呵地道：「爲的就是提高他們的修養。一個人的修養提升到了一個境地，就很難受人影響，比如軍中的油子閒時愛去尋娼妓，喜歡酗酒或者賭錢，可是一個擁有一定修養的人，心裏會有一種驕傲，會對這些惡習有極強的抵觸。」

陳濟眼眸一亮，道：「不錯，就算軍油子去逛窯子，也大多都是與庸脂俗粉的私娼去私會，可是一個略通琴棋書畫的人，是絕不肯去會私娼的，在他們看來，庸脂俗粉只會令他們生厭，是不是？」

唐嚴鬍子捏不下去了，拼命咳嗽，藉以掩飾尷尬。

當著老丈人的面，沈傲的老臉也不禁一紅，虧得這陳濟能一口點破，只是這句話話糙理不糙，正是沈傲要表達的。

沈傲含笑道：「勤加操練，是讓他們養成良好的習慣，這是修身。夜裏讀書，讓他們懂得克己復禮，保家衛國的道理，這是明志。教導他們琴棋書畫，這叫養性。一個經歷過修身、明志、養性的人，不管將他們放在哪裡，也絕不可能被軍油子所感染，因為通過這些歷練，在他們的心中，會有一個信念，即榮譽和美德，這種骨子裏的驕傲，是絕不會讓他們去和軍油子同流合污的。只要他們仍然在堅持，終有一天，這樣的人會越來越多，最終改變掉軍中的惡習。」

陳濟擊節叫好：「不錯，當年我做官的時候，略知道禁軍的許多惡習，若是不能革除這些弊端，我大宋縱是白起、孫武復生，怕也只會一直糜爛下去，只是積習難改，要想革除這些弊端何其難也，要對症下藥，此法或大有可為。」

唐嚴也為之動容，道：「可以一試，你要招募藝師，倒也容易，不過得去和太學的那個成養性打個招呼最好，太學裏頭有個書畫院，專門教導太學生參加藝考的，這些太學生固然都是我大宋的良才，可是藝考亦不容易，十之八九的人都要落榜，只要說通了成養性那廝，再讓他出面擇選些落榜的太學生，不出三日，就可大功告成。」

「去找成養性？」沈傲愕然。

大年初七的清早，沈傲騎著馬，備了禮物，尋了成養性的宅子，前去拜謁。其實成府和唐家並不遠，之所以成為府，也不過是門臉比唐家要乾淨一些而已，進了裏頭，其家境也好不到哪兒去，沈傲心裏唏噓，哪朝哪代做老師都辛苦啊，所以做什麼都別去做老師。

成養性先是聽到沈傲來了，立即臉色驟冷，恰好幾個太學生來拜會，見了祭酒的模樣，便忍不住道：「那沈傲來做什麼？哼，莫非是要來侮辱成大人的嗎？大人，還是打發他走吧。」

成養性搖搖頭道：「先看看，再說吧。」

沈傲見了成養性，立即行起學生禮，口裏道：「學生沈傲見過成大人。」

成養性忙道：「下官哪裡受得起沈大人的大禮。」這話的意思是不願做沈傲的師長，要撇清和沈傲的關係。

成養性與沈傲也算是天生的死對頭，此前的太學、國子監之爭，已經讓他們的關係到了水火不容的地步，在成養性看來，如今沈傲已身居高位，這一次八成是黃鼠狼給雞拜年——不安好心。

沈傲訕訕笑道：「學生給大人備了些禮物，哈哈，都是些不值錢的小玩意，契丹國的特產，請成大人笑納。」

成養性擺了擺手道：「下官受不起，還是請沈大人帶回去吧。」他慵懶地抬起眼，道：「沈大人還是不必繞什麼彎子來了，有什麼事，不妨開門見山地說。」

沈傲坐在位上，慢吞吞地道：「學生這一趟來，是來恭喜大人的。」

「恭喜？」成養性哂然一笑道：「恭喜個什麼？」

沈傲道：「當然是恭喜太學生多了一條門路，武備學堂那邊打算招一批琴棋書畫的藝師……」沈傲一五一十地將自己的目的道出來，還生怕成養性不肯，臨末了還加了一句：「只要進了武備學堂，安置的事好說，立即授個助教，如何？」

助教這個官兒不起眼，只有從八品，在這官兒比狗多的汴京城實在不起眼，可是好歹也算是朝廷命官，便是在太學，助教至少也得由賜同進士出身的人才能來擔當，沈傲開出的價碼可不算低了。

沈傲忐忑不安地看著成養性，等待成養性的答案。

成養性想了想，道：「這也算是一件好事，既然如此，本官就答應了，沈大人要多少人？」

想不到成養性居然如此痛快，沈傲不由大喜，其實他早已準備好了上中下之策；上策是：實在不行，乾脆入宮去請聖旨，聖旨下來，不怕太學不放人；至於中策，則是威逼利誘，姓成的不答應，就給他一點顏色；而下策，那就是乾脆叫劉勝把自己鋪蓋帶來，從今日起就住在成養性家裏，噁心死他。

沈傲喜滋滋地道：「琴棋書畫的太學生各五人就夠了，當然，最好是性子溫和一些的，品行端莊更好。」

成養性微微一笑道：「這倒不難，過幾日我給沈大人遞條子吧。」

沈傲便道：「成大人痛快，咱們是不打不成交，其實在本心上，學生是一直敬仰成大人爲人的，不如過幾日，學生請成大人一頓酒席，如何？」

沈傲生怕成養性盡挑些歪瓜劣棗到武備學堂去，這關係，當然要事先打好，吃人嘴短，吃了他沈傲的飯，當然要好好地去辦事，否則將來讓他有多少吐多少出來。

成養性冷哼一聲，道：「沈大人，方才我們談的是公務，至於私交，下官卻沒興致和沈大人有什麼關聯，沈大人請回吧。」

沈傲二話不說，灰頭土臉地告辭，從成府裏出來，心裏酸溜溜的；不過今日還答應了官家入宮送畫，所以回府換了一身衣衫，便又捧著那幅自己的畫作入宮，將畫兒呈到趙佶的御案之前。

趙佶細細地看了沈傲的畫，足足細心比較了半個時辰，才發現自己的腰間和頸脖酸痛無比，艱難地直起身來，用手撐案道：「比起恆兒送來的那幅，更高明一些。」

說罷又含笑道：「明日朕就召見那製作贋品的畫師，到時叫他來看你的畫，看看他能不能發現你畫中的破綻。」

沈傲呵呵笑道：「陛下這是誠心要微臣獻醜了。」

趙佶壓壓手道：「該謙虛的時候不見你謙虛，這個時候你倒是矜持了。不說這個，朕還有話要和你說。」他負著手，慢吞吞地道：「武備學堂過完了元宵就要開學？」

沈傲點頭：「是。」

趙佶道：「朕知道了，這次開學的典禮要辦得隆重一些，不要落在國子監和太學後頭。」

到了正月初九，天空下起鵝毛大雪，汴京城裏的喜氣不由地蕭條了幾分，大街小巷、屋脊瓦片上堆積著厚厚的雪。

這一日，春兒從杭州回來了。

早先就曾寄來家書，說是年前就回，只是後來京畿北路叛亂，漕運堵塞，封鎖了沿途的各處碼頭，專供糧船使用，沈傲立即去信轉運使江炳，江炳才重新安排了一艘糧船，將春兒等人送回。

沿途上旅途勞頓，沈傲將她迎入府裏，爲她撲去了披肩上的細雪，先送她去沐浴更衣，一家人才在小廳裏坐下，炭盆裏燒著炭火，不大的小廳裏暖呵呵的，春兒講了在杭州的見聞，又說起杭州那邊的生意，言談之中，雖有幾分疲倦，卻多了幾分主見。

這兩年春兒在杭州，可謂大展拳腳，非但將邃雅茶坊的生意做了起來，還設了幾個工房，茶葉、生絲的生意都有涉及，這還不算，最重要的是擴張了邃雅周刊的生意。

她的構思倒是新穎得很，就是在杭州也設立一個印刷工房，而後請人用快馬將最新一期的邃雅周刊送來，這沿途只耽擱三四天時間，隨即按著汴京的周刊進行加印，杭州是商貿大邑，士子文人又多，周刊頗受歡迎，況且這杭州距離蘇州、江寧不遠，印刷之後，立即委託車行送去這兩個人口稠密的城市，單杭州印刷工房的生意，每週就可達到五萬以上，這還是因爲邃雅周刊賣價較高，尋常的讀書人捨不得買的緣故。

春兒拿了帳冊出來，道：「上年杭州那邊的生意，一年的純利已到了四萬多貫，生意算是穩當了，往後叫個信得過的人去打理，應當不會出什麼岔子了。」

周若羡慕地道：「早知我也和春兒去杭州，一年不見，春兒變化真大。」

眾人說笑了一會，沈傲先讓春兒去歇息，想著等春兒醒來，再陪她聊一聊；那一邊劉勝興高采烈地過來：「少爺……少爺……大喜事。」

「什麼喜事？」

劉勝樂呵呵地道：「咱們禁軍在京畿北路打了大勝仗，虎丘鎮殲賊六千人。」

沈傲連忙問：「什麼時候的消息，不會是坊間流言吧？」

劉勝撓著頭，道：「千真萬確，報捷的人已經到了，沿途還在喊呢，說是高老爺火速進擊，連克三鎮，賊軍風聲鶴唳，避之不及。還說不出三日，就可抵達滑州，克敵制勝。」

沈傲對所謂的捷報，抱有不少的懷疑，打了敗仗可以吹噓成小勝，不輸不贏他能來個大捷，若是真的勝了，那就不得了，臉皮薄的那都能弄出個曠世功勞來，若是換作高俅這種臉皮厚些的，其精彩程度就可以媲美長平之戰和赤壁之戰了。

只殲賊六千人，還只是攻克了個集鎮，如此說來，禁軍應當沒有占到多少便宜。沈傲不禁搖頭道：「但願姓高的臉皮薄一些。」

捷報傳來，宮裏卻是有了幾分喜色，趙佶聽了捷報，便立即召三省、六部的官員來問，大家都鴉雀無聲，也不好說什麼，被趙佶問及，只顧著說我大宋之福，蒼生之福諸如此類的話。

趙佶臉色有點難看了：「班諷，你是兵部尚書，這捷報莫非有什麼隱情？」

班諷嚇了一跳，立即拜倒，伏地道：「高太尉乃是國之棟梁，應當……不會有隱情吧！」

換作是別人，班諷提點疑慮也沒什麼干係，他早就看出來了，攻克一個集鎮，怎麼可能殲敵六千，莫非賊人都排好了隊，擠在那兒等著禁軍砍腦袋？此外，捷報裏絕口不提人頭記功的事，貓膩很明顯，這背後肯定不簡單。

再者說了，馬軍司的人數報上來是三萬，可是班諷心裏清楚，扣除吃空餉的，滿打滿算，馬軍司也不過一萬五千人上下，這還是多的，馬軍司這些年吃空額很是嚴重，這一萬餘人要殿後，要護翼，就算打了勝仗，一次戰鬥殲敵六千那是空話。

可是這些話，他不能說，高太尉是什麼人？他雖是兵部尚書，真要和高太尉打起擂臺，還指不定誰輸誰贏呢，人家敢冒功，自個兒犯得著去揭穿他嗎？沒的得罪人，惹來一身騷。

不過班諷也聰明，不會有隱情前面加了個「應該」二字，模稜兩可，真要出了事，也可以說自己只是權且相信。

趙佶臉色緩和了一些，道：「大過年的，將士們在陣前廝殺，還立了如此功勞，不容易。兵部立即擬個章程出來，該賞的要賞。至於捷報，也該宣揚一番，可安定人心。」

趙佶的「安定人心」四個字剛落，班諷嚇得面如土色，真真是脖子發涼了，他心裏清楚，這是冒功，是假消息，早晚有一日瞞不住的，這事兒傳得越廣，知道的人越多，萬一揭穿時，皇室的體面便蕩然無存，到時會是什麼光景？

高俅完了，他班諷就是下一個冤大頭，兵部，兵部，雖然什麼事都不管，管不得禁軍，管不得三衙，可有可無，可是論起罪來，兵部首當其衝。

班諷頹然伏地，已經聽不清後頭的內容了，最後失魂落魄地出了宮，看到蔡京正要上他的紅頂小轎子，如抓住了稻草一般奔過來，道：「蔡大人。」

「噢，是彥和啊，怎麼？下了朝還不急著回家，你不是生了個孫子嗎？哈哈，老夫過幾日免不得要到你府上去看看，取了什麼名兒，這名兒要謹記著取好。」

班諷的心沉了下去，嘆了口氣，道：「小名叫虎頭。」

「虎頭？」蔡京捋著鬚，搖搖頭：「不好，不好，老夫越庖代俎，就爲你孫兒取個好名兒吧，就叫森雁如何？好啦，府上的參湯要涼了，彥和，有空來坐坐。」說罷，便屈身入轎，放下轎簾。

待那蔡京的轎子徐徐遠去，班諷臉色很是難看地道：「森雁……慎言，哼，如今不該說的也說了，還慎言什麼？」說著，不由想起那孫兒，又想到那雷霆之怒，自己如何消受得起？成了犯官，便要累及全家，孫兒怎麼辦？

班諷搖搖頭，狠狠地道：「你蔡京不管，我去尋沈楞子去，又要馬兒跑，又要馬兒不吃草，你當我班諷是什麼？」說罷，一跺腳，叫來轎子，對轎夫道：「去沈府，先叫個腳快的，送上名敕去。」

對於這件事，班諷真是冤枉，那高俅本就是蔡京的人，如今捅出這麼大的婁子，班諷又不敢得罪高俅，更怕惹到那蔡京，如此一來，事情真到了無可挽回的地步，就是他人頭落地的時候。

班諷還未到，名敕已經送到了沈府裏，沈傲接了名敕，頗覺得奇怪，那兵部尙書班諷見了自己都恨不得繞路走的，怎麼突然來拜謁？按道理，沈傲這個寺卿，比之尙書還差那麼一品，他如此低姿態，到底又為了什麼？

正是沈傲百思不解的時候，門房已經來了，說是兵部尙書班諷求見。

見還是不見？沈傲心裏明白，見了那班諷，肯定沒什麼好事，再聯繫到高俅送來的捷報，八成是為了這個來的。沈傲嘆口氣，才是道：「安排到小廳去。」

那班諷進了小廳，不安地喝了口送來的茶，焦灼地等待，足足等了兩炷香，還不見人來，心裏想：「那沈楞子如此狡猾，沒準和蔡京一樣，也不敢見自己。」心裏悵然地嘆息一句，站起來，便想走了。

這個時候，沈傲卻是哈哈笑著踱步進來，朝著班諷行禮道：「班大人日理萬機，卻還要屈尊來見下官，下官慚愧，慚愧得很。」

班諷站起身，側身不肯去受沈傲的禮，和沈傲熱情寒暄幾句，卻絕口不提京畿北路的事，只是問沈傲武備學堂就要開學，兵部這邊儘量給些方便之類，又談及將來校尉的安排，最後道：「沈大人，武備學堂是我大宋中興的希望，將來學堂裏要什麼，儘管下條子來兵部，只要是老夫能辦的，一定儘量給予方便。」

沈傲板著臉，目光幽幽地道：「大人這句話就不對了，什麼叫我大宋中興，如今我大宋在陛下的帶領下已是繁榮昌盛，足以與貞觀、文景之治相媲美，還中興個什麼？大人說笑了，不過嘛，武備學堂將來要麻煩大人的地方還真是不少，大人今日把話說得這麼滿，將來可不能後悔。」

班諷訕訕笑道：「沈大人說得對，說得對。」

班諷顯出一副受教的樣子，隨即嘆了口氣又道：「盛世不盛世不好說，哎……京畿北路那邊卻是出事了。」

「出事？」沈傲含笑，不動聲色地問道：「能有什麼事？我大宋天兵一到，賊軍避之不及，如今已接連傳回幾封捷報，賊寇指日可定，還有什麼事？大人多慮了。」

班諷訕訕然道：「問題就出在捷報上，那高俅的捷報奏疏……有假！」

沈傲動容道：「班大人請說清楚些。」

班諷道：「冒功這種事，其實哪裡都有，今日送來的捷報，貓膩太大……」說著，便將自己的分析說出來，他久居兵部，這裏頭的彎彎繞繞比誰都清楚，最後分析道：「依我看，這一次非但不是大捷，極有可能是大敗了一場，那高俅為了掩人耳目，乾脆一不做二不休，先報個捷上來，等來日賊寇若是蕩平，也沒人敢挑他的錯，只是這高俅是個什麼出身，沈大人也應該知道吧？馬軍司鬆弛也不是一天兩天之事，如今遭敗，要想蕩平賊寇……難，難如登天，到時候東窗事發，那高俅是陛下的玩伴，深得聖眷，他是不打緊的，大不了丟了官，做他的富家翁，可是老夫身為兵部尚書就……哎……」

班諷將禁軍中的弊端都說了出來，實在有些觸目驚心，最後得出的結論已經可以猜測，高俅必敗，而一旦禁軍大敗，後果是什麼？沈傲想都不敢去想，雖說他與高俅之間有嫌隙，卻並不希望京畿北路的事鬧到難以收拾的地步。

沈傲沉默了片刻，道：「既然如此，班大人為何不上疏，反而替高俅遮掩？」

這個問題顯得有些多餘，班諷苦笑著攤手道：「蔡太師都沒說話，老夫去說，豈不是自討沒趣？再者說了，馬軍司的好處，蔡京沒少拿，高俅和蔡京也是老交情，我要是上疏，過幾日必然要遭彈劾的，這是自尋死路，所以只能替那高俅先遮掩著。」

沈傲呵呵一笑，道：「所以你來找下官了？」

班諷正色道：「眼下當務之急，一是明哲保身，這其二，就是要準備扭轉危局了，沈大人，若是高俅再遭慘敗，其後果可想而知，得早做萬全的準備。」

他遲疑了一下，咬了咬牙道：「沈大人，我就開門見山了吧，只要沈大人點個頭，我這就上一份奏疏上去，彈劾高俅，這官，我也不做了，只求大人能站出來為老夫說幾句公道話，留個致仕的名份。」

班諷確實有些心灰意冷，他這個兵部尚書，到了這個境地只有給人背黑鍋的份，還不如及早致仕，圖個乾淨；怕就怕蔡京和高俅那邊不肯干休，所以才請沈傲做個靠山。

再加上現在不說，高俅慘敗，那才是真正的震動朝野；到了那時，他班諷就成了真正的罪人，做了這麼久的官，治國平天下的雄心早就淡了，可是這件事的後果實在太嚴重，他擔待不起，倒不如先說出來示個警，或許有迴旋的餘地。

班諷期待地看著沈傲，希冀沈傲點個頭，沈傲卻巍然不動，淡淡然地道：「既然大人求到了我的頭上，那我就直言了，要想明哲保身，大人就上一份奏疏去吧，只是不是彈劾奏疏。」

「請沈大人賜教。」

「就以論兵部部務的名義上疏去，說高俅那邊有幾個疑點，請陛下恩准兵部派員去核實即可。」

班諷暗暗搖頭，道：「沈大人，這奏疏若是上到了門下省，多半是要留中的。」

所謂留中，就是尋常的奏疏因為事情並不嚴重，或者門下省那邊認為自己可以處置，於是自行批閱，而後送至中書省那邊存檔備份。

班諷上的不是彈劾奏疏，有蔡京在門下省，這奏疏八成會當作尋常的奏疏處置，如此一來，豈不是白費了一番功夫？班諷顯得有些焦灼，不知這沈楞子葫蘆裏到底賣的什麼藥。

沈傲呵呵一笑道：「留中應當不會，不過，這份奏疏也不會讓陛下看到。」

班諷一時愕然，滿頭霧水地問道：「陛下不看，這奏疏上了又有什麼用？」

「救你！等到東窗事發時，你既已上疏，要求核實捷報，好歹也算是盡忠職守了，誰還能拿這個說事？蔡京那邊，因為你沒有彈劾，在這個節骨眼上，也不會為難於你，如此一來，大人不就能明哲保身了嗎？」

班諷嘆了口氣道：「沈大人這個法子倒是可行，怕就怕真要出了事，時局糜爛，老夫雖是跳出了火坑……」

沈傲擺了擺手道：「糜爛就糜爛，膿瘡早晚要破，趁著今日，乾脆就把它們擠出來，怕個什麼？京畿北路，說來說去還不至於讓我大宋陰溝裏翻船，那天一教能蠱惑一路的百姓，還能鼓得動天下人？眼下邊患至多也不過是西夏那邊鬧出點動靜，朝廷目前國庫充盈，一次剿不了賊，還可以第二次、第三次。現在擠出膿瘡來，也好讓陛下下定整頓禁軍的決心，越是觸目驚心，越是緊急關頭，才是不破不立的時候。」

沈傲頓了頓，很是深意地繼續對班諷道：「班大人，今日我和你說的，都是肺腑之言，這番話出了我的口，進了你的耳，你自個兒心裏掂量清楚，不要傳出去，就爲了你自己。」

班諷還在咀嚼著沈傲方才的話，不破不立，說得倒是輕鬆，到時候那一屁股屎讓誰擦去？愣愣呆坐了一會，又覺得沈傲的話有那麼一點道理，眼下禁軍成了這個樣子，不鬧出點么蛾子來，誰願意痛下決心去整頓？

班諷的腦中突然乍現一絲靈光，沈傲的話透露出一個訊息——除高俅！

要破，就要見血，這個血，自然不能流別人的，現在放縱高俅去犯錯，到時……

班諷不敢想下去了，突然發覺自己陷入了一個深水潭，一邊是沈傲，一邊是蔡京，自己和高俅，原來都只是棋子，是自己背這黑鍋，還是高俅來做整頓禁軍的墊腳石，全憑著這兩人之間的能耐。

班諷嘆了口氣，道：「沈大人，老夫明白了，老夫這就回家去，就按沈大人的意思去做。」

沈傲笑呵呵地起身將班諷送出去，回到後園，仍舊去看陳濟和唐嚴下棋；這一次唐嚴步步爲營，最後逼得陳濟撒手認輸。

陳濟抬眸道：「沈傲，方才兵部尙書來尋你，不知是什麼事？」

沈傲將方才的話複述了一遍，陳濟頷首點頭道：「不破不立，虧得你有這樣大的魄力，這樣也好，到了這樣的地步，也不必有什麼幻想和僥倖了，只有將自己逼到絕處，才有逢生的機會。不過蔡京那邊，你要小心些。」

沈傲呵呵一笑道：「我怕他什麼，這老狐狸一看我風頭正勁，立即就蜷縮起來了，讓人不知該從何處下口。」

陳濟正色道：「不要小看他，把他逼到絕處，你就知道他的厲害了。不過眼下，還是儘量與他少點衝突；那你的意思，是要先除掉高俅嗎？」

沈傲道：「高俅這個人尸位素餐，又是蔡京的左膀右臂，趁著這個機會剷除他，唯有這樣，禁軍才有整頓的機會。」

一旁的唐嚴突然道：「沈傲，做人留一線，事情不要做得太絕，否則會遭人嫉恨的。」

沈傲與陳濟相視一笑，道：「在國子監裏，做人自然要留一線，可是這是朝堂，不是你吃了我，就是我吃了你，唯有遵從斬草除根才行。」

唐嚴捏著鬍鬚搖頭：「哎……明明你們讀的是聖人的道理，口裏都是仁義禮義，卻無一人肯去按聖人的教誨去做的，罷罷罷，你的事，我不管。」說罷又捉著陳濟陪他下棋，陳濟輸了一場，頗有些不情願，二人鬥了幾句口角，陳濟拗不過，只好繼續與唐嚴對弈。

第一八六章
橫的怕楞的

也難怪蔡太師啞巴吃黃連，

敢生事，就算宮裏頭不出手，那晉王和沈楞子光棍起來，

沒準兒就提著菜刀破門而入了，橫的怕楞的，更何況還涉及到了晉王，

到了這個份上，吃虧的保準就是蔡京無疑了。

門下省。

因是過年，所以值堂的書令史不多，只有七八個在案頭整理著奏疏，好在近來遞上來的奏疏大多都是賀表，因此工作也不繁重，只是奏疏分類一下，再挑出幾樣重要的送到錄事那兒去就成了。

有幾個閒下來的書令史也都在一角圍著炭盆兒喝熱酒，就著幾粒花生米，閒扯起來，這些書令史雖然官職卑微，可是權柄卻是不小，能進門下省，在京裏頭也算是了不得的人物，哪個人背後，都至少有個尚書級別的大老撐著，因而他們的消息最是靈通，幾杯熱酒下肚，便忍不住說些犯忌諱的話。

他們今日談的自是佩章的事，說是門下省擬了詔書，令工部去製造銀章，所謂銀章的式樣倒也別致，一個深紅的星型，裏頭刻了一個仁字，仁字的中心，卻又是一柄長劍插下。

製作佩章的作坊，正是工部的造作司，這裏頭的含義就值得人玩味了，那金魚袋、銀魚袋和佩章在同一處造作，豈不是說這佩章與魚袋一樣？眼下坊間也有議論，說是有了這佩章，可以見官不拜，甚至還可以免除賦稅諸如此類。

其實能進學堂的，大多都是監生和秀才，這些人本身就有特權，佩章真正的作用還是以示尊榮，天子門生，單這四個字的份量就足夠他們消受的了，不說別的，將來這些人要是分派到邊鎮或者禁軍，又有誰敢打壓他們？便是上官見了他們，也得客客氣氣的，否則人家真要鬧將起來，誰吃得消？

這裏頭的門道，書令史們算是看清了，他們今日議論的，無非是哪個親戚恰好有個秀才功名，想等今年招募校尉時，尋個門路將人塞進去。不過這門路也不好找，武備學堂一期也不過八百人，可是京城裏頭哪個不對武備學堂眼紅心熱，除了那些個大才子，真正保證自己能金榜題名的沒幾個，爲了妥當，還不如去尋個好出路，如今武備學堂如日中天，皇帝做了祭酒，那沈楞子又是司業，這兩個人，一個是天家，一個是眼下最炙手可熱、無人能惹的傢伙，做了武備學堂的校尉，便是大樹底下好乘涼，將來多半是能撈個將虞候的。這麼好的事，也輪不到書令史們，大家都在鑽營，都卯足了勁，你有門路，人家門路更廣。

所以雖是議論，書令史們都是長吁短嘆，都有幾分無奈，有幾個一拍大腿，禁不住發酸道：「實在不行，還是科舉有前程，說不定考上了呢？這種好事，輪不到我們這些跑腿伺候人的，還是走正途的好。」

有人就笑：「梁兄，你家那老二走正途只怕沒多大把握吧，上一年科舉還不是鎩羽而歸？今年再用功，多半也是如此，其實你倒是不錯的，好歹有個遠親在戶部裏做侍郎，由他出面，或許還有機會。」

那叫梁兄的搖頭：「你們是不知道，侍郎這麼大的官在別人眼裏是夠嚇人的，可是在那沈傲的眼裏，屁都不是，出面也只是自取其辱。」

眾人就笑，便又將話題引到其他的趣事上，說某某侯爺的妾室和人私通，結果那侯爺倒也夠意思，拿著一柄祖傳下來的刀，直接把那姦夫剁了。

正說得有趣，那邊整理奏疏的一個書令史不由地啊呀一聲，道：「諸位，這份奏疏是什麼意思？」

那圍坐在書令史中間的錄事站起來，大家也不再打趣了，都走過去，問：「是什麼奏疏？」

那書令史目瞪口呆的將奏疏遞給錄事，錄事看了一眼，也不禁吸了口氣，道：「前幾日蔡太師不是還有過叮囑嗎？京畿北路的事，第一時間送到他那兒去。」說罷又搖搖頭道：「班大人這是什麼意思？兵部去查高大人，蔡太師和高大人相交莫逆，這班大人是吃了雄心豹子膽，擺明了是要騎在高大人頭上拉屎了。」

書令史們也是一頭霧水，其實朝廷就是這樣，沒定下調子之前，大夥兒各抒己見，一個個卯足了勁的上書陳詞，可是一旦定下調子，或者是干係到了蔡太師這般的人物，不管新黨舊黨，這個時候都不會吱聲，所以這些時日，議論京畿北路的奏疏也是有的，可是把話題移到高俅那頭，明擺著要給蔡太師難堪的奏疏卻是一件也沒有；偏偏上疏議論此事的還是兵部尚書，天知道這背後有什麼玄虛！

拿著這奏疏，錄事頓覺燙手，他在門下辦了十幾年的差，門道兒早就摸清了，每一份奏疏的背後都不簡單，可是手裏的這份奏疏，卻讓他犯了迷糊。清查高俅，應當上彈劾才是，寫出這麼一份隱晦的奏疏來，到底是要做什麼？

他看了書令史們一眼，書令史們一個個垂著頭，其中一個道：「錄事大人，這奏疏干係不小，還要請太師決斷才是。」

錄事想了想，道：「事到如今，也唯有叨擾他老人家了，你們在這兒繼續看著，我去一趟。」

帶著奏疏，立即叫了車馬往蔡京府上去，到了蔡府，那巍峨的大宅院裏春意盎然，喜慶至極，只是毗鄰的一處宅院卻是殘破不堪，錄事搖搖頭，那是少宰王黼的府邸，如今敗了家，宅子也荒廢了，因為和蔡京的府邸近，也沒有哪個官員富戶敢買下，畢竟能和蔡京相比為鄰，那也得要有資格的，尋常人哪裡有這個膽子？

倒是聽說那沈楞子有買的意思，具體要拿它做什麼，也只有天知道，這沈大人莫非是想和蔡太師做鄰居？

想了想，錄事搖搖頭，這宅子有忌諱，便是蔡太師那邊，也曾有人和他門下的人商量過，就是把蔡府擴建一下，恰好把這地買下來，可是那門下人卻只是搖頭，說王黼是抄家的犯官，裏頭有煞氣，這種事還是寧可信其有不可信其無的好。

亂七八糟地想著心事，門房那邊已經催他進了，到了一處小廳，便看到蔡京正笑呵呵地招呼道：「廷和，你是許久沒上門了，怎麼？是門下省的事？」

按理說，在門下省裏，要說親近，這錄事實在差得遠了，蔡京這般客氣，倒是讓他受寵若驚，立即行門下禮，道：「太師安好，下官今次來，爲的就是門下省的事。」

蔡京不急著問他什麼事，慢吞吞地讓他坐下，才笑道：「怎麼？大過年的也不讓我這老頭兒清靜？哎，有些事你們能處置的就自個兒處置，人都是這樣歷練出來的。」

錄事只是笑，好不容易插了一句話道：「是兵部尙書班諷的奏疏，請太師看看。」說罷，從袖子裏抽出奏疏來，小心翼翼地放到蔡京跟前的小几子上，又欠身坐回去，道：「這奏疏有點兒怪異，門下省那邊也不知該怎麼處置，還得請太師拿主意。」

蔡京笑著指了指他：「你們啊你們，這是誠心要老夫不安生了。」口裏雖埋怨，卻是欣賞地看了錄事一眼，隨手拿起奏疏，只掃了一眼，便面無表情地將奏疏合上，仍舊放在桌上，不徐不慢地喝了茶，才緩緩道：「你送它來，估摸著是想將它留中吧？」

錄事道：「留中是肯定的，這種子虛烏有的事，都是中傷之詞，豈能上達天聽去，下官將它送來，一是來提個醒，這第二嘛，就怕中書省將它打回來。」

留中也是有規矩的，把奏疏送到中書省存檔，中書省那邊還要核實，一旦發現不合適留中的奏疏，又會送回門下。從前倒沒什麼，留幾份奏疏，對於蔡京來說還不是玩兒一樣？只是如今衛郡公在中書省，天知道石英看了這奏疏會是什麼反應，所以蔡京不出面，這事兒不一定能壓得下。

蔡京微微一笑道：「還是送入宮裏去吧，存底就是。」

所謂存底，就是將奏疏放在最後，一般奏疏送到宮裏去，皇帝也沒功夫把奏疏全看了，所以中書省一般將重要的奏疏放在前頭，後頭的奏疏大多是不看的，多半又打回門下省來。

錄事想了想，笑道：「下官明白了。」

說著拿著那奏疏，向蔡京告辭，等他出了蔡京的府邸，就在這府門口，剛看到幾個漢子大搖大擺地過來，其中一個人呼喚一個壯年人道：「劉主事，這麼好的宅子拿來做酒肆，還真有那麼點兒可惜。」

那叫劉主事的叉著腰望著那破敗的王府道：「你懂個什麼，少爺說了，蔡大人就住在隔壁，每年來拜謁的官員有多少？告訴你，至少這個數。」邊說著，邊是伸出手指。

跟來的長隨驚訝地道：「每天都有三十人？」

「三十？」劉主事撇撇嘴道：「至少三百，迎來往送的，真正能見蔡京的也不過寥寥數人，大多數到門房來轉一圈也就走了，這些人到了這裏，累了乏了怎麼辦？當然得找個酒肆歇一歇，咱們這邃雅酒肆，就恰好給他們提供了方便。再者說了，這宅子是得改一改的，少爺打算建一座八層的高樓，樓層越高，要價也就越高，你注意看，那樓是建在東北角落，不是正對了蔡府的後宅嗎？都說蔡家的女眷多，還個個國色天香，就比如那蔡京，單妾室就有幾十個，那真真是豔麗無比，春色無邊，從樓裏往蔡府這邊俯瞰，不但可以喝酒，還能看美婦，花了再大的價錢，那也是值當的。」

「照劉主事這麼說，我若是有銀子，也肯來看看，不過嘛……」長隨撓著頭道：「怕就怕人家怕得罪了蔡太師，不敢來。」

劉主事叉著手，教訓道：「有什麼不敢的，咱們這是VIP制，但凡是上樓的，那都是隱藏人家身分的，決不洩露出去。你想想看，那蔡京做了那麼多污七八糟的事，心裏恨他的人可是不少，占占他家女眷的便宜，又無風險，就是花再多的錢，人家也樂意。少爺一直教誨我們，做生意和做官是一樣的，要懂得借勢，蔡大人和咱們少爺是至交好友，借他一點勢去賺點錢補貼點家用，又算得了什麼？」

長隨訕訕地笑道：「劉主事說得對，這麼說，這府邸買下來還真值了。」

劉主事道：「當然值，和你說了吧，這是一筆穩賺不賠的大買賣，春兒主母是算過帳的，這酒肆的收益就在樓上的廂房裏，四樓以上包個廂房再點桌酒菜，至少是五十貫，四層樓就是十二個廂房，一天下來，無論如何也有六七百貫的錢，再加上其他的生意，八百貫是穩賺的，一年下來，刨去開支就是十萬貫上下，比邃雅茶坊都有賺頭，面向的是金字塔客戶。」

長隨擔心地道：「那蔡太師若是知道了，一定不高興。」

劉主事哈哈一笑道：「怕個什麼?宰相肚子能撐船，這蔡太師放在前唐就是宰相，他的心胸當然是廣闊無垠，哪裡會容不下一座酒肆，再者說了，咱們少爺和他家那個蔡行還是同學，關係是極好的，有這交情，人家還求之不得呢。好了，少廢話，咱們今日只是來看看，過幾日就得爲少爺去招募工匠，這樓五個月之內就要建起來，明日春兒主母也要來，有她在，咱們聽吩咐辦事就是了。」

這幾個人一邊向那王黼的府邸走，一面肆無忌憚地聊得火熱，錄事聽了，真是眼珠子都快要掉下來了，下意識地去看向王家的府邸，心裏頭亂糟糟的，也不知想些什麼，不過這事兒還真不是他能過問的，只得灰溜溜地往門下省去。

過了幾日，沈傲買下王黼宅子的事便傳揚了出去，這宅子本來已經賤賣了出去，後來人家也不敢住，最後據說沈傲只拿了五千貫出來賤價盤下來的。再之後便看到許多工匠開始忙碌，先是將一些不必要的建築拆了，據說還要起高樓，要建得比那佛塔還高。這事兒又是一陣議論，有心人更是存著看熱鬧的心思，就等著蔡府的反應。

偏偏那蔡家是一個屁也沒有放出來，雖然邊上沒日沒夜地在那兒拆牆扒屋，喧鬧得很，可是蔡家的人彷彿個個都成了聾子、瞎子，對沈傲的動作視而不見。

後來又有人打聽出來，說是沈傲打算在這兒建酒肆，還有什麼廂房，什麼VIP看美女之類，直聽得不少人心癢癢的，逛窯子去青樓有個什麼意思，所謂妻不如妾、妾不如偷，偷不如偷不著，偷不著那就看看，都說蔡家後宅裏金屋藏嬌，風流人士們還真想見一見，反正是嚴格保密食客資料的，看一看又何妨？

還有不少心裏唾棄蔡京爲人的，那更是怦然心動了，須知蔡京這十幾年，當真是人憎鬼嫌，莫說是舊黨，就是依附他的黨羽，心裏頭對他有多少埋怨也是不知道的事，只是不管是恨他不恨他的，見了他的面，都得努力巴結著，這心裏頭有一股氣發洩不出，憋了這麼久，人家現在就等這邃雅酒坊開張，價錢嘛好說得很，能憎恨蔡京的，壓根就沒幾個在乎錢的。

後來人家才知道，這個酒肆不但沈傲有一份，連那宮裏的內相楊戩也有股份，還有衛郡公石英，據說也摻和了一腳，不止是他們，連那晉王、齊王也都是股東，都是砸了銀子等分紅的，就是太后那邊，也曾過問過酒肆的事，想想看，人家晉王的生意，太后能不熱心嗎？也難怪蔡太師啞巴吃黃連，敢生事，就算宮裏頭不出手，那晉王和沈楞子光棍起來，沒準兒就提著菜刀破門而入了，橫的怕楞的，更何況還涉及到了晉王，到了這個份上，吃虧的保準就是蔡京無疑了。

汴京城裏的事，最是捕風捉影，一點兒風吹草動，立即管中窺豹，能看出許多的名堂。

這一場小小風波，足見沈傲和蔡京的優劣，一個勝在權柄重，另一個卻勝在朋友多；宗室、宮裏、中書省，一個寺卿連接了這三方勢力，那蔡京便是有三頭六臂，多半也是不敢吱聲的。

隨即又有人想到，梁師成、王之臣、王黼、蔡攸，這些人一個個倒臺，卻都有一個共同點，那麼下一個是誰？

這些空穴來風的猜測偶爾傳到蔡京府裏去，蔡府卻依然是沒有一點的動靜，眼下遭遇了這種不尷不尬的局面，卻是讓人爲難了，誰會料到沈傲竟如此放肆，如此大膽，早知如此，便該把王黼的宅院盤下來，就算不去住，任著它荒廢也好。

眼下蔡家也只有兩條路，一條是與沈傲那廝乾脆翻了臉，另一條是搬家，只是這兩條路都不是明智之選；和沈傲翻了臉，便是徹底與後宮、內宮、宗室、舊黨徹底決裂，舊黨倒沒什麼，當年蔡京甫一接受總攬三省事，便是咄咄逼人，對舊黨進行清算，元祐黨人殺的殺，流放的流放，若不是還有幾個大世家勉勵支撐著，滿朝都是新黨了。可是太后、內宮、宗室卻是不能輕易惹的，這三方之間哪一個都與陛下藕斷絲連，反撲起來，蔡京能不能承受尚屬未知。

蔡京聽了家人的報告，只是低頭喝著參湯，一句話也不說，待那參湯喝了一半，照往常那樣叫人拿來餐巾擦了擦嘴，才慢吞吞地道：

「沈傲這個人，最會借勢，如今他咄咄逼人，是要逼老夫沉不住氣，任他來吧，老夫能翻雲覆雨，還忍不住這兩下嗎？不要搬家，我在這兒住了半輩子，臨到老了，也搬不動，而且讓人看出蔡家膽怯，只會讓他們的氣焰更囂張。他要建樓，就隨他建吧，告訴後園的女眷，往後少出門，好好待著。」

蔡京皺起眉頭，繼續道：「沈傲建樓，多半是醉翁之意不在酒，估計是想警告我這糟老頭子，哎，早知如此，當年他羽翼未豐之時，就該施以重手，老夫還是失策了啊。」一說罷，闔上目，不禁悵然地嘆了口氣：「高俅那邊，就看他的造化了。」

那弓著腰之人正是蔡絛，蔡絛此時也料不到沈傲與蔡家竟是到了水火不容的地步，想當初，自己居然還和他暗中有過來往，不禁汗顏，小心翼翼地道：「爹，這是什麼意思？莫非沈傲要對高俅動手？」

蔡京幽幽地道：「這些事你別問，眼下你也不必禁足了，有空，多出去走動走動，大皇子那邊還好吧？上一趟他送來的一幅畫竟是贗品，呵呵，那偽作之人當真是個奇才，老夫倒是頗想見見，你不必苦著個臉，咱們蔡家也不是沒有經歷過風雨的，一時半會還沒人敢動。本來呢，陛下立儲的事，我是不想管的，事到如今，是要做些準備了。來，把庫房裏那幅畫拿來，裝裱好了，送到大皇子那邊去。」

這幾日，沈傲的心情大好，他的行事風格就是如此，一有機會，陰人一把又算得了什麼，當初剛剛做官的時候，蔡京起復，他是步步驚心，如履薄冰，生怕蔡京報復。如今經過了這麼多事情，總算輪到他握住了主動，到了這個份上，他絕不會再客氣。

不過酒樓的事雖然一直是他策劃，再加上背後有人撐腰，可是想憑一個酒樓就讓蔡京翻臉動手，那也太小看蔡京了，眼下還真拿那蔡京一點辦法沒有。

正如沈傲所猜想的那樣，那班諷的奏疏一遞入門下省便石沉大海，中書省那邊沒有動靜，確實沒有留中，倒是托人去問了楊戩，楊戩在奏疏的底部看到，問沈傲是否放到前頭去，沈傲卻是搖頭，道：「讓它放著吧，蔡京不想讓陛下看到，我也不想。」

那本奏疏，就這樣徹底地被無視了；據說宮裏頭，自從送去了捷報，趙佶心情爽朗得很，到了後來，捷報一封封傳來，每隔個三五日，總有一場小勝，爲了這個，趙佶還親自手書了「赫赫武功」的匾額，送去了高俅府上。

過了元宵，武備學堂與國子監、太學同時開學，校尉們已從鄉中趕回來，向學正點了卯，在十六那日，集結在校場上。

雖說趙佶那邊囑咐將開學典禮辦得漂亮些，沈傲卻並沒有花費多少功夫，只是先讓校尉們站著，在寒風之中，足足過了一個時辰，才悠然出現，走上校台，雙目掃視他們一眼，說了幾句話，便嚴令他們把心思放下，全心全意繼續操練。

沈傲話音剛落，正準備宣佈解散；那邊有個太監飛快地過來，高聲大呼：「沈大人，沈大人……陛下來了……」

這一聲呼喚，讓靜籟無聲的校場一下子傳出一陣歡呼，所有人不約而同地挺起胸膛，從教官到校尉，滿目期待。

陛下能來，倒也罷了，好歹他是祭酒，來一趟也是情理之中的事，可是今日這日子極爲特殊，太學、國子監那邊也是開學，這個時候陛下卻是駕臨武備學堂，豈不是說宮裏頭對天子門生更是看重？

這裏頭的含義，就完全不同了，大宋重文輕武，並不只是口頭上的許諾，而今日，官家竟是重武輕文，把從前的常規翻了過來。

不過這文武的分界，在武備學堂已經模糊不清了，雖說學堂叫武備學堂，可是要說校尉們是文人，倒也無人有什麼話說；不管如何，陛下能來，確實是一件值得慶幸的事。

過不多時，那乘輦到了武備學堂門口，門口的胥吏卻將乘輦攔了，前頭的內侍扯著嗓子道：「陛下駕到，還不迎駕?!」

胥吏道：「小人們恭迎聖駕，不過請陛下下輦，武備學堂的規矩，車馬嚴禁入學堂，這是司業大人的規矩，誰若觸犯，便是大罪。」

「規矩?官家就是最大的規矩，快讓開。」那內侍想不到竟碰到這麼個楞子，沈楞子倒也罷了，怎麼這學堂裏頭也沒一個腦袋靈光的。

胥吏正色道：「陛下固然是最大的規矩，可是……」

趙佶在那邊已經下了輦，他今日戴了通天冠，穿著冕服，很是鄭重，含笑道：「罷了，朕就步行，不要爲難人家。」

胥吏等人立即跪倒高呼萬歲，趙佶心情不錯，帶著許多內侍、宮人步入學堂，正要往校場去，沈傲已經帶著眾教官、博士前來迎駕了，無非是行禮說一些未能遠迎請陛下恕罪的話。

趙佶呵呵一笑，叫沈傲陪著他去校場，一面道：「朕這一趟來，就是要看看你有沒有偷懶，再看看校尉們如何了，國家多事，正該有虎賁之士挽狂瀾於既倒，扶大廈之將傾。還有，工部那邊已經把佩章帶了來，今日一併發放下去吧。」

沈傲道：「微臣盡心竭力，武備學堂都可以作證的。」

趙佶負著手，莞爾一笑，望著遠處列隊以待的校尉，不由暗暗點頭，這麼冷的天，筆直挺立紋絲不動，換作是自個兒可吃不消。

趙佶突然道：「沈傲，據說你要蓋酒樓？」

沈傲呵呵一笑，倒是不怕趙佶干涉，有太后在呢，依著趙佶的性子，多半也不會反對的，只是道：「隨便做點小生意，陛下是知道的，微臣家裏人口多，再加上我這人人品高潔，兩袖清風，端的是官員楷模，讀書人的榜樣，若是不能糊口，那可不成，所以微臣在效忠王室之餘，也會找點有益身心的事去做……」

趙佶聽著沈傲自吹自擂的話，冷著臉打斷道：「你呀你，總是要弄出點玄虛來，欺負一個老人家有什麼意思？你和蔡太師都是朕的左膀右臂，該和睦相處才是，虧得蔡太師沒有責怪你。」

沈傲訕訕地道：「就是因為要和蔡太師和睦相處，微臣才在他家邊上建酒樓的，那裏離得近，微臣忙完公務之餘，還可以去那裏走一走，少不得要去拜謁的。」

第一八七章
害群之馬

班諷瘋了……這是所有人下的定論，只覺得這傢伙實在是個害群之馬，
挑起這麼大的血雨腥風，天知道到時候會害多少人倒楣。
這事真要追究，三衙有責任，言官有責任，
還有那戶部、兵部，哪個都脫不了干係。

校台下止了步，內侍們也停了腳，唯有自己傻乎乎的竟和趙佶一道上了校台。

「這群王八蛋，爲什麼不早通知一聲……」沈傲心裏暗暗腹誹，有種騎虎難下的感覺，人家都沒跟上來，就自己傻乎乎地跟著，算不算是逾越？況且這是校台，皇帝是孤家寡人，人家站在高處，那是理所應當，自個兒興沖沖地做了跟屁蟲，眾目睽睽地當著許多人的面，實在過於顯眼出眾。

沈傲縮了縮腳，便想灰溜溜地返身下臺階，雖是後知後覺，可這個時候亡羊補牢，倒也爲時不晚；只是當著這麼多人的面，雄赳赳地上去，再灰溜溜地下來，實在有點有礙觀瞻。

沈傲剛剛有這個心思，趙佶瞥了他一眼，眼中露出不可捉摸的笑容，一把將他拉住，低聲道：「老老實實地跟在朕的後頭，跑個什麼。」

沈傲無奈，低聲道：「遵旨。」這一句遵旨，就是先留個暗示，意思是說他是奉旨行事，是你讓我做的，到時候可不要秋後算賬。

迎著冷風，趙佶和沈傲俯瞰著校台下的校尉，趙佶笑了笑，道：「朕是祭酒，可是武備學堂籌建至今，卻不曾來過學堂，這是朕的失職。」

校尉們紋絲不動，都是激動地望著趙佶，這種眼神，讓趙佶生出些許滿足，尋常的人不敢去看他，都是眼神閃爍，偶爾有看他的，要嘛是討好，要嘛是曲意，除了身後的沈楞子之外，都讓他生厭了。

倒是這些校尉的眼神，可以看出那清澈無瑕的目光之後，是滿懷著激動，這是一種崇拜感，被這樣的眼神注目著，趙佶心裏忍不住讚許：「果然都是讀書出來的。」隨即繼續道：「今日朕來看看，便是有一句話要說。」他正色肅容，朗聲道：「卿等將來都是國家棟梁，好好操練，來日朕有倚重，天子親軍，朕的門生故吏，就要讓別人看看，給朕長長臉面。」

旌旗獵獵作響，趙佶今日的心情格外的好，說了許多的話，每一句話都透露出一個資訊，讓台下的校尉們頓時感覺到希望和驕傲。

天子門生，金殿之下第一親軍，其地位，已經遠遠超過殿前司禁衛；皇帝陛下親自訓話、撫恤，單從這一點，就足以證明出與其他禁衛不同。

趙佶說得累了，意猶未盡地看了沈傲一眼，道：「沈傲，你來說。」

沈傲只說了一句話：「有請陛下親自爲諸位校尉頒發銀章，銀章即代表了天子親師、天子門生的身分，陛下親自頒發，以示校尉榮耀。」

趙佶呆住了，親自頒發……

看到下頭烏壓壓的人，趙佶的臉色有點兒難看，隨即，隊列中爆發出一陣激動的歡呼：「萬歲！」

天子親自佩戴銀章，這樣的待遇，便是赫赫戰功的軍將都不曾有過，校尉們也是微微一愣，隨即反應過來，緊接著爆發出排山倒海的歡呼，一顆顆胸膛劇烈起伏，眼眸中閃露出點點熱火如炙的光芒。

眼見這樣的場景，趙佶又笑了起來，興致盎然地道：「好，就讓朕和沈司業為大家佩戴印章。」

如此榮耀，就是一旁的教官、博士也都火熱起來，只恨自己不能晚生數十年，也站在隊列之中。

隨即，學正拿出一本花名冊，開始念出校尉的姓名，被叫到名字的校尉立即整冠，帶著粗重的呼吸，一步步走上高臺，在趙佶和沈傲的身前挺胸頓靴，叫一聲陛下或者司業大人。

內侍們端來一枚枚銀章，由趙佶和沈傲親自為他們繫在胸前，校尉在授了銀章之後，又是長靴頓地，高聲吼了一聲：「萬歲！」

一個個校尉走馬燈似的出列又歸隊，那佩戴在胸前的銀章在陽光之下閃閃生輝，胸脯挺得更加直了。

只是……沈傲心裏在暗暗腹誹，總覺得走到自己跟前接受授章的校尉臉色總有那麼一點不好看，這群勢利小人，個個巴不得走到趙佶跟前去，反倒顯得自己多餘了。

沈大人沒得到好臉色，自己的臉色自然也不好看了，足足用了一個時辰，授章儀式才算結束，趙佶疲倦地擺擺手：「都散了吧。」

校尉們大呼一聲：「遵命。」卻仍舊站著不動。

趙佶朝他們笑了笑，道：「天色不早，朕要回宮了，過些時日，朕抽開了空，再來探視。」說罷走下校台，沈傲立即跟過去，一直將他送到學堂門口，趙佶轉過身來，對沈傲笑道：「做得好！」

沈傲正色道：「方才微臣太孟浪了，還未徵求陛下同意，就貿然請陛下授予銀章……」

趙佶擺擺手，道：「朕知道，你這是要培育校尉們對朕的忠誠，你看到那些校尉看朕的眼神嗎？」

「看到了，微臣別的不敢說，但是有一點可以肯定，只要陛下開了金口，就是讓他們上刀山、下火海，他們也不會皺一下眉頭。」

趙佶用手扶著鑾駕，重重點頭道：「不錯，別人朕信不過，你沈傲練出來的人，朕豈能不相信？朕不要他們去死，有朝一日，朕要他們去建立功勳，我大宋孱弱了這麼久，是該一振雄風了。」說罷又是笑了笑道：「高俅也不錯，他的馬軍司在京畿北路屢戰屢勝，不日就要克敵，到時候武備學堂和馬軍司，朕都要重賞。」

沈傲眼眸閃爍，心裏頗覺得有些愧疚，隨即吸了口氣，笑道：「陛下，最近又有捷報傳來？」

趙佶笑吟吟地道：「三五日就有一份，高俅蹴鞠踢得厲害，想不到也是一員驍將，好，朕總算沒有白提攜他一場。沈傲，你也不要只顧著武備學堂這邊，如今京畿北路作亂，西夏那邊也要安撫住，雖說朕也不怕他們，有大小種相公和童貫在，他們占不了便宜，不過此時正是多事之秋，少招惹些麻煩總是好的。」

沈傲頷首點頭：「微臣明白。」

將趙佶送上車輦後，趙佶掀開那朱紗帷幔探出頭來臨行囑咐道：「那個叫王之柱的，你和他是老相識？」

王之柱就是王相公，沈傲聽到趙佶提及此人，笑道：「微臣說句不該說的話，這個人……」

趙佶擺擺手：「你不要說了，朕知道你和他有誤會，他曾向朕提及過，不打不相識，這件事你也不必放在心上，在朕面前，他還稱讚了你的書畫呢，說是舉天之下，唯有沈傲一人了。朕打算召他進書畫院去，你也不必和他爲難。」

沈傲想了想，笑道：「陛下放心，微臣不會和他爲難。」

趙佶點點頭，便放下帷幔叫人起駕。

轉眼就過了一個月，春節的氣氛漸漸變得淡泊起來，春暖花開，少不得有才子、文士們邀上幾個好友，出城去踏青。

沈傲也漸漸空閒起來，鴻臚寺那邊倒是和西夏人交涉過，西夏人實在有點不可理喻，原想趁機勒索大宋一番，誰知沈傲那邊牙關緊，一貫錢也不願意給，交涉就僵持下去，最後連西夏人都覺得無趣了，碰到這種一毛不拔的鐵公雞，也只有乾瞪眼的份。

就在他們洩氣的功夫，沈傲卻又熱絡起來，說什麼宋夏友好是兄弟之邦，又空口許下許多承諾，說是今年朝廷已經定下了賞賜的名單，西夏國最是豐厚，叫西夏國使好好等著好消息就是。

這種忽悠，讓西夏國使不得不信，這沈傲好歹也是個寺卿，他的話總應該信吧，人家說有，那當然是有的；於是便巴望到了歲幣上頭，就等大宋的歲幣下鍋了。

沈傲當然是糊弄西夏國使的，寺卿又怎麼樣？不是有句話說得好嗎？一個人誠實一句容易，要誠實一輩子卻是難如登天。沈傲自認自己還屬於人的範疇，並沒有去火星的打算，既然是人，糊弄你幾句有什麼不可？不服？大不了大家戰場上見真章；只是到了那個時候，京畿北路的天一教都灰飛湮滅了，你要戰，我跟你戰便是。

安撫住了西夏人，沈傲便馬不停蹄地又開始爲武備學堂制定新的教學課程，爲期五個月的操練過去，接下來要開始講解些戰爭的知識，重點也放在如何在軍中樹立威信方面去。

沈傲曾對樹立威信的教學絞盡腦汁，還是韓世忠爽快，坦言道：「大人，要在軍中立威，不需要這麼麻煩，只要做了兩件事，保證士卒們願意替你賣命。」

沈傲追問，韓世忠道：「簡單得很，第一條，就是儘量少剋扣些軍餉，儘量讓士卒們吃飽喝足，士卒們自然就願意效力了。」

沈傲心裏感慨，這果然是個比爛的世界，少剋扣軍餉就可以得到士卒的感恩戴德，這算是什麼邏輯？

韓世忠繼續道：「至於第二條，便是隊官能以身作則，與士卒們一道衝鋒陷陣。」

「就這麼簡單？」

韓世忠信心十足地道：「就這麼簡單！」

沈傲顯得難以置信，可是韓世忠畢竟是在沙場上打滾出來的，他的話不由沈傲不信。於是便叫韓世忠將這些話編入教材中去，操練的時間從五個時辰改爲了三個時辰，其餘時間則是入課堂聽講。

京畿北路的消息，已經許久沒有傳來了，馬軍司連戰連捷，原以爲下一步應當是攻入滑州，獻上賊酋的首級引軍還朝，甚至是凱旋的禮儀都已經準備好了，幾處城門特意修葺了一下。可是在此之後，那邊的消息便石沉大海，高俅一點口信也沒有傳來。

倒是在市井之中，隱隱傳出馬軍司大敗的消息，說是被殺得屍橫遍野，整個京畿北路，到處都是敗兵，這些消息，是幾個商人口中提及出來的，不過都是私下裏流傳，還有幾個好事宣揚的，都被京兆府的差役直接拿了去，戴了個天一教妖言惑眾的帽子。

如此一來，這個消息倒是遏制住了，不過越是如此，就越讓人生出不安，上個月，朝廷每隔數日便傳出一份捷報，可是現在，卻是一點風聲也沒了；有心人便暗暗揣測，也越來越覺得這背後一定有什麼蹊蹺。

朝廷那邊也生出不安，廷議裏所有人都不說話了，趙佶問及到京畿北路的事，也都一個個大氣不敢出。

結果趙佶問到了班諷，班諷一臉詫異地道：「陛下，微臣早已上了一道奏疏，陛下難道沒有看到嗎？」

奏疏？趙佶的眼眸和臉色變得嚴厲起來，道：「哪裡來的奏疏，門下省那邊是怎麼辦事的，蔡愛卿，你可看到班諷的奏疏？」

蔡京抬了抬眼，臉色平靜地道：「不知班大人的奏疏是幾時遞上來的？」

班諷道：「元宵之前。」

蔡京向趙佶行禮道：「陛下，元宵之前，老臣很少去門下省，何不如召個門下省的錄事問問。」

這個時候，門下省侍中站出來，朗聲道：「陛下，微臣倒是聽一個錄事說過這份奏疏，微臣看了看，覺得此事不小，因此叫人遞進宮了。」

一旁的班諷冷汗流了一地，心裏慶幸，若是沒有這份奏疏，自個兒就難逃干係了，現在就算要處置，那也是門下省裏頭的事；他抬眼看了蔡京一眼，心裏又想：「只是這一遭徹底地得罪了蔡京，不知那沈傲能否拉自己一把。」

趙佶臉色變得更加難看：「遞進了宮裏？朕爲什麼沒有看到，你們好大的膽子，一本如此緊要的奏疏，說沒就沒了？這裏頭有什麼花樣，今個兒就在這裏說個清楚，你是門下省侍中，這件事你先說。」

門下省侍中臉色凝重，悄悄偷看了蔡京一眼，拜服於地道：「微臣不敢欺瞞陛下，那份奏疏，確實送入宮去了。陛下不信，可以嚴查。」

趙佶咬了咬牙，從嘴縫中蹦出一個字：「查！」之後冷言道：「要嚴查，到底是誰的干係，都要嚴懲不貸。」

兵部尚書班諷也是豁出去了，到了這個份上，也沒什麼好遮掩的，朗聲道：「陛下，微臣的奏疏，是覺得那高太尉的捷報有貓膩，須知但凡戰功，都有首級一併獻上，以此來計算功勞，可是高太尉那邊雖然送來了捷報，可是對奉上首級之事隻字不提，倒是月餘之前送來了一批，可是兵部這邊曾經查驗過……發……發現……」

趙佶沉聲道：「發現了什麼？」

班諷想了想，吸了口氣，鎮定自若的道：「發現不少首級都是婦孺，陛下，兵部這邊只能妄自猜測，要嘛那天一教匪徒凶殘，以至連婦孺都驅之來作戰，要嘛便是高太尉……」他抬起眸，直視金殿之上，一字一句的道：「殺良冒功！」

廷議之中頓時譁然，殺良冒功？其實這句話本身倒也沒什麼，這是軍中常有的事，要記功，就要有首級，首級從哪裡來？若是賊人的首級不夠，難免屠戮些良民，只是當著這廷議說出來，就大大不同了。這個班諷是瘋了嗎？說出了這句話，等於是徹底和高俅翻了臉，事到如今，不是高俅死便是他班諷亡了，班諷和高俅之間到底有什麼恩怨，何至於到這個地步。

所有人的目光落在蔡京身上，蔡京仍是神色如常，闔目坐在錦墩上，不發一言。

如所有人所預料的一樣，金殿上的趙佶拍案而起，殺良冒功？別人都知道這其中花樣，唯獨他趙佶卻是蒙在鼓裏，在他的心裏，身爲禁軍，豈能作出這種事，如此妄殺無辜，只會讓京畿北路的局面更加糜爛，將所有人推到天一教一邊。

他深深吸氣，就在不久，他還在等著京畿北路那邊送來匪首的首級，等來的卻是這個。他呼吸加重，在殿中咆哮：

「高俅怎麼如此欺瞞朕？怎麼能如此？朕待他不薄，他是什麼出身，若不是朕，有他的今日？」

「好，他做出這種事，朕也不姑息，可是馬軍司，朕的禁軍，天子親師，為何不檢舉他？為何也要做出這等事來？我大宋立國百年，何曾有禁軍做出如此聳人聽聞的事來，他們……該死……統統該死！」

庭下眾臣大氣不敢出，心裏卻都在想，殺良冒功，那是自古以來的規矩，便是禁軍也不外如是，只不過這些事一向都是隱匿不報罷了，便說那剿方臘時，被屠戮的良人又何止萬計。

趙佶暴跳如雷，穿著冕服在金殿上來回走動：「欺君罔上，殺良冒功，好，好得很！」他粗重呼吸著，眼眸變得殺機騰騰：「班諷……」

「臣在。」

「你親自去京畿北路，要查，那邊到底是什麼消息，都要據實報上來。」

「蔡愛卿。」

蔡京慢吞吞的道：「老臣在。」

「門下省發旨意，立即鎖拿高俅回京，這筆賬，朕和高俅慢慢的算！」

「陛下。」蔡京正色道：「臨陣換將，終是不妥，何不給高俅一個戴罪立功的機會，到了如今這個地步，陛下不想，我等做臣子的，亦是心中不安，若是鎖拿了高俅，便是另行委派一員幹吏去，馬軍司那邊只怕也會不安，就算要治罪，好歹也等高俅回了京再說。」

趙佶重重冷哼，拂袖留下一句話道：「蛇鼠一窩！」人已從後殿怒氣沖沖的出去。

這講武殿裏，卻是留下一個個膽戰心驚的臣子，尤其是蔡京，正咀嚼著那一句蛇鼠一窩的話，不知趙佶是說高俅與那些馬軍司軍將，還是說他與高俅之間的干係，這一猜疑，便忍不住更加蒼老了一些，仍舊欠身坐在那兒，紋絲不動。

其餘的大臣眼看陛下拂袖走了，都是議論紛紛，到了這個局面，天知道之後會鬧出什麼么蛾子來。

唯有那仍舊拜伏在地的班諷，此刻卻是說不出的鎮定，撣撣身上的灰塵，長身而起，旁若無人的踱步出殿。

目送那位挑起了驚濤駭浪卻又孑身一人飄然而去的背影，一個個目瞪口呆，今日的廷議也算是教他們開了眼界，這兵部尚書算是將醜事一捅到底，惹來這麼大的雷霆之怒，之後會發生什麼事，還真教人摸不透了。

原本大家爲官，本就是你好我也好的事，縱是彈劾，有些忌諱事也是斷不能出口的，比如那禁軍的事，捅出這麼個窟窿，針對的就不再是馬軍司和高俅了，殿前司、步軍司那邊，只怕也要拉下水去，天子親軍被這兵部尚書一棍子打得頭暈腦脹，人家會作壁上觀？

須知武官不能寵溺，卻也是不能得罪太過的，雖說以文制武，可是你要端了人家的飯碗，人家發起狠心來，那也絕不會和你客套，難保你走到大街上不會挨板磚，被人捅黑刀子。

班諷瘋了……這是所有人下的定論，只覺得這傢伙實在是個害群之馬，挑起這麼大的血雨腥風，天知道到時候會害多少人倒楣。這事真要追究，三衙有責任，言官有責任，尚書省有責任，太師有責任。還有那戶部、兵部，哪個都脫不了干係。現在的問題，就是官家那邊是不是真要鬧個揪著不放，嚴查下去，誰也沒好果子吃。

就在所有人目瞪口呆之際，殿中有人打了個哈哈，眾人循目過去，看到角樓裏的鴻臚寺寺卿沈傲正伸著懶腰，像是剛睡醒似的，睜著迷濛的眼睛，向邊上的一個員外郎問：「老兄，官家到哪兒去了？莫非廷議已散了？今日怎麼這麼快。」

那員外郎實在無言以對，可是沈大人問話，他哪裡敢怠慢，連忙道：「官家已經走了，沈大人，廷議結束了。」

沈傲板著臉：「怎麼這麼快，我還打算小憩一會兒要殿前奏對呢，老兄也不提個醒。」

員外郎哭笑不得，卻只能抱歉，說是自己實在該死云云。

沈傲站起來：「算了，我原諒你！」倒像是自己吃了虧一樣，又打了個哈哈：「諸位怎麼還不走，莫非宮裏頭今日留飯？」

「是啊，散了，散了。」有人在人群中道。於是眾人一哄而散。

沈傲從宮裏出來，石英和周正並排走過來，道：「沈傲。」

沈傲回身，笑呵呵的拱手：「石郡公，泰山大人。」

石英深望沈傲一眼，隨即道：「走，到我那兒去坐一坐。」

衛郡公的府邸，沈傲是來過幾趟的，甫一入府，門房就先去稟報待客了，那石夫人親自出來，爲三人斟了茶，含笑對沈傲道：「沈大人如今是大忙人，幾次請你來，你也不肯來坐坐。」

沈傲呵呵笑道：「我也想來，就怕吃窮了郡公。」

石夫人就笑，掩嘴道：「我家吃不窮，你要是真有本事，帶了幾個夫人一起來。」

石英捋鬚道：「夫人，待會兒叫沈傲去你那兒說說話，爲夫這邊有公務。」

石夫人點點頭，便告辭出去。

三人大眼瞪小眼的呆坐一會兒，石郡公先開口道：「沈傲，那個班諷的事和你有關係？」

沈傲點點頭：「有那麼一點關係。」

石英與周正俱都嘆氣，周正道：「你這一下是捅了馬蜂窩了。」

沈傲道：「請泰山大人賜教。」

周正道：「這件事，事前你應該和我們商量著辦，須知禁軍的弊端由來已久，從太宗那會兒就已經形成了定制，可是這麼多年，卻無人揭發，沈傲，你知道這是為什麼？」

沈傲一頭霧水。

周正苦笑道：「這裏頭的牽涉太大，你想想看，那禁軍本就是朝中王公大臣子嗣們打秋風的地方，你來這麼一下，有多少人要受牽連？這些人一個人的力量或許不大，可是合力起來，便是陛下，也難以大刀闊斧了。」

沈傲明白了，禁軍和國子監一樣，都是衙內們打秋風走門路的地方，須知大宋崇尚的是科舉，王公大臣們的子弟科舉考不中怎麼辦？當然要為他謀劃一條生路，這生路，就是禁軍，所以但凡有些門路的，都會將自己的子弟塞進禁軍裏去，便是祈國公周正也不能免俗，如此一來，這禁軍就等於形成了一個極大的利益集團，編織了一張巨網，誰要是敢捅一下，人家也是要拼命的。

現在人家還沒有回過味來，班諷已經接了旨意，要去京畿北路徹查，一旦徹查出了吃空額、殺良冒功、盜賣軍需糧草這些觸目驚心的事，那可就不同了。

沈傲抿著嘴，端坐不動，心裏也有點兒掙扎，這件事太大，真要鬧出來，還真是驚天動地的事，自己是不是要去給班諷透個底，叫他注意點？

只是……一旦前功盡棄，自己那不破不立的主意就算落空了。

石英淡淡然地道：「這件事干係太大，便是你我也是螳臂擋車，還是罷手吧，和那班諷說一聲，讓他小心在意一些，避重就輕，把這事兒糊弄過去就算了。你要治高俅，也不是沒有辦法，咱們慢慢來。」

周正喝了口茶，才是道：「不錯，沈傲，你的日子還長著呢，凡事都不必操之過急，眼下這局面還有迴旋的餘地，切不可爲了這個而引起公憤。」

沈傲仍在搖擺不定，他心裏明白，石英、周正都是爲了他好，揭露出這件事，阻力實在太大，難保那蔡京不會借著公憤來組織力量進行反擊。

事到臨頭，沈傲不可能不猶豫，大家都說他是楞子，其實他精明得很，否則也不可能風生水起。

想了想，沈傲笑了笑道：「有些事總要有人挺身而出的，在別人看來，或許別人將他當作了傻子，可是在沈某人心裏，這種人叫英雄。」說罷，繼續道：「沈某會在精神上爲英雄加油的。」

沈傲不是英雄，卻是英雄製造者。

周正搖搖頭：「你自個兒拿主意吧。」

石英道：「班諷可不可靠還是兩說，你自己小心些。」

說了一會兒話，沈傲去後園陪著石夫人聊了一會兒，那石夫人一門心思想走後門，好讓她的一個外甥進武備學堂，沈傲問她外甥的條件，說也是在國子監裏讀書，只是瞧著他的本事，多半是不能登科的，便想法給他謀一條生路，又說他的父親在南劍州公幹，這外甥都承她照看著，讓沈傲無論如何看在她的面上應承下來。

對沈傲來說，生源的素質倒不是問題，進了武備學堂，先教人脫了三層皮，自然脫胎換骨，只要有個讀書人的身分，不怕教不好，便滿口答應，道：「這事兒，我記下了，今年招募時我給夫人遞一張條子，讓他先在國子監裏好好待著。」

石夫人頓時笑容滿臉，道：「京裏頭都說託你辦事難如登天，我還怕你拂了面子呢。」

難如登天也是看人的，有的傢伙連大字不識就想往武備學堂裏塞，沈傲當然咬著牙不肯答應，石夫人的外甥不管是年齡和資歷都足夠了，不答應就難免有些不近人情了。

今日索性賣個人情也沒什麼，加入了他的武備學堂，就好像是好漢入夥一樣，上了賊船，到時候少不得為武備學堂擂鼓助威，學堂這東西講的就是聲勢，有人捧場，大家才信服。

告辭走出衛郡公府，沈傲獨自騎馬，先去武備學堂看看，到了武備學堂，便看到那轅門外熙熙攘攘到處都是人，不由皺起了眉頭。

沈傲很快就被人認了出來，有人遠遠道：「快看，沈大人來了。」

於是呼啦啦的人圍了過來，這些人都是汴京城裏的一些小貴族，某某伯、某某侯之類，真正顯赫的倒是沒看到幾個。

這些人都是聽到廷議動靜的，這種小豪門消息也最是靈通，略一思索，就知道怎麼回事了。那班諷當真瘋了？那自是不盡然，既然沒瘋，這班諷背後是誰？朝廷裏頭誰敢去拔太師和高俅虎鬚的？只要想一想便明白了。再後來，又不知誰聽了消息，說是班諷曾去拜訪過沈傲，到了這個地步，真相已經浮出水面，這班諷的背後，不是沈傲是誰？

禁軍是大家的飯碗，尤其是這些侯伯，哪家沒有兄弟子弟進去混兩口飯吃，如今瞧這架勢，沈傲是要慫恿官家把禁軍一鍋端了，這還了得？無論如何，也得和這位沈大人說道說道。

一群人一拍即合，本著人多力量大的原則，一窩蜂地來了。

第一八八章
驚天弊案

班諷的死，讓某些嗅覺靈敏的人不由地打了個冷戰，

這裏頭是什麼玄機？殺他的是誰？

可是不管怎麼說，人死如燈滅，班諷的死，恰好可以將這件事做個了結，

只是除了班諷，還有誰敢揭露這驚天的弊案？

沈傲陷入人群中，朗聲道：「堵在這兒做什麼？好玩嗎？若是公務，就去鴻臚寺裏說，是私事，也不必堵著學堂。」

有人苦澀笑道：「沈大人有禮了，今日咱們來，是要說說禁軍的事，沈大人，你也知道，我大宋的爵位是遞減的，再者說了，哪家沒有幾個不能襲爵的子弟……」

沈傲壓根不理他，道：「你說什麼？你襲爵和我有什麼干係？冤有頭債有主，你要找，找官家去。」

那邊一個伯爺笑呵呵地道：「哎呀呀……沈大人，咱們明人不說暗話，你也是侯爵，大家……」

「你要明人不說暗話是麼？好，我就聽你說什麼，你倒是說說看。」雖被人圍著，沈傲卻一點也不氣弱，真是反了他們，跟沈楞子對抗，也要看看斤兩才是。

沈傲這般的態度，倒是讓人不好說了，人群中一個人高聲道：「就是他教唆班諷斷咱們的生路的，諸位，今日他不保證不和咱們爲難，就休要放他走！」

沈傲在人群中逡巡，高聲大吼：「誰，誰說的？有種的站出來和我說話。」

人群分開，一個伯爺走出來，兇惡地道：「沈大人，你做下的好事還想不認？這事兒就是你挑撥的，咱們沒了飯吃，你也別……」

沈傲二話不說，不等他說完，一腳提起來便踹過去，不忘再甩上一巴掌，還不等那伯爺反應，窮凶極惡地扯住他道：「你說什麼？這事兒是我慫恿的？你算是哪根蔥，也敢冤枉我？他娘的，你造謠生事，這件事老子不和你干休！」

來這麼一下，眾人紛紛後退數步，那伯爵嚇了一跳，想不到沈傲上來就玩真格的，期期艾艾地道：「我……我……」

「你什麼？」沈傲指著他的鼻子道：「莫非你是蔡京的走狗，是他教你挑撥人來和我作對的是不是？他娘的，端了你的飯碗，我就是端了你的飯碗，你又能如何？大家都是有皮有臉的人，你帶著這麼多人來尋我鬧事，是想做什麼？王八蛋，當我沈傲是病貓了？」

如此一說，倒像是那伯爵理虧了，他咽了口吐沫，又是吃痛又是無語，那邊沈傲冷笑一聲道：「我認得你，你是清遠伯是不是？混賬東西，居然敢帶人堵住天子親軍的門口，你是要造反嗎？識相的，趕快滾，你長子在步軍司裏的混賬事，別以爲旁人不知道，惹得我急了，我明日就參你們父子一本。」

清遠伯嚇呆了，其餘人也都不敢說話了，碰到這個傢伙，還真是誰都沒轍，再者說了，他們也沒有確鑿證據，於是一個個噤若寒蟬，大氣都不敢出。

沈傲放開清遠伯，拍拍手，不動聲色地道：「你的長子就不要指望了，想想你的那個小兒子吧，他上一年不是又名落孫山了嗎？年中的時候帶到武備學堂來看看吧。」說罷，又道：「今年的武備學堂招募兩千個名額，其中三百個是給你們留著的，家裏頭有適齡又讀過書的子弟，都帶來看看，現在，都給我趕緊散了，誰敢滋事，有他好看的。」

眾人嚇了一跳，原以爲沒了希望，碰到這麼塊鐵板，誰知又說有三百個名額讓子弟們入學，那可是響噹噹的天子親師，官家的門生，沒瞧見人家胸前戴的銀章，有了這個，到哪兒都不必怕，正兒八經的鐵飯碗。甚至早有人斷言，十年之後，這些校尉必然是成爲整個禁軍的骨幹，從將虞候到都虞候，多半都是武備學堂出身，這些人出自同門，上下都是同窗、學友，那些旁系出身的，只怕很難在禁軍中再混下去了。

一些家裏有合適子弟的立即滿口答應，那清遠伯原本挨了打，如今給了甜棗兒，聽沈傲的話音，他那小兒子是必定入學的了，一時之間也不知該說什麼，便乾脆一副大喇喇的樣子，很兇惡地道：「沈大人，這可是你說的，你要是敢食言，哼哼……本伯爺也不是好惹的。」

這句話，當然是沈傲進了學堂之後說的，人家壓根聽不見，無論怎麼說，這個面子算是找回來了，便道：「這小子既然服了軟，咱們這就散了吧。」

於是那些家裏有子弟希望入學的紛紛道：「是啊，是啊，禁軍的弊端早該改了，不改不成，都是爲了咱們大宋好，不是嗎？再者說，班諷是不是受沈大人搬弄還不知道呢，怎麼能一口咬定了是他？大家都是有頭有臉的人，又不是市井裏的潑婦，走走走。」

一下子，人群就散了一大半，一些還想糾纏的，看到其他人都走了，也是無可奈何，只好嘟嘟囔囔地各自回去。

沈傲進了學堂，一個胥吏已經迎過來，低聲附在沈傲耳中道：「大人，班大人求見，說是來向大人辭行的。」

他來了？沈傲目光一肅，問：「人在哪裡？」

「爲了掩人耳目，小的悄悄地將他安排在小廳裏。」

沈傲欣賞地看了這胥吏一眼：「做得好。」

說罷，立即去小廳，一到這裏，便看到班諷臉色蒼白地坐著愣神，見沈傲來了，連忙站起來抱拳道：「沈大人。」

「請坐。」

二人各自坐定，沈傲看著失魂落魄的班諷，就在朝堂時，班諷還儘量作出一副鎮定自若的樣子，可是現在，他是再也打不起這精神了，唏噓一番，班諷道：「事到如今，沈大人打算怎麼辦？」

沈傲卻是反問道：「我倒是想問問，班大人是什麼打算？」

班諷苦澀地笑道：「現在是箭在弦上，不得不發；只是班某人有個不成器的兒子，還有個剛剛出世的孫子，以後得請大人多多看顧。」

這一句話，有些托孤的嫌疑，沈傲皺起眉頭，心裏想：「他這是什麼意思，莫非他認爲自己這一次去就回不來了？」

沈傲笑呵呵地安慰道：「班大人放心，這件事，沈某人一定會爲你周旋的。」

班諷笑了笑，突然朗聲道：「老夫爲官三十年，這三十年來，可謂尸位素餐，新黨上臺，老夫支持新黨，舊黨勢大，老夫又依附舊黨，首尾兩端，爲了自身的富貴，卻不曾做過一件好事，如今老夫倒是想明白了，是福不是禍，是禍躲不過，到了這個地步，再要逃避，也無處可避，今次老夫索性拼了性命，爲我大宋獻一點綿薄之力吧。」頓了一下，隨即又道：「沈大人的名聲雖然不好，可是老夫知道，大人用心良苦，爲我大宋做了不少好事……哎……不說也罷，沈大人，告辭！」說罷起身要走。

沈傲心裏暗暗腹誹，名聲不好？怎麼本大人自我感覺名聲還不錯？想著，連忙站起來，道：「班大人，保重吧。」

班諷搖搖頭，叫沈傲不必再送，孤獨地離去了。

班諷這般的態度，讓沈傲有些奇怪，按道理，這個時候的班諷應當求自己爲他說話才是，至不濟，也得替他頂住壓力，今日卻只是讓自己看顧他的子孫，什麼都不再提，便唏噓著告辭。

沈傲搖搖頭，心裏苦笑，弄得和生離死別似的，搞得自個兒差點要流眼淚求他留下了。撇撇嘴，想起了一件頂重要的事，沈傲對胥吏喊：「來人，來人，飯點過了沒有？」

胥吏小心翼翼地進來，道：「大人，都午時三刻了。」

沈傲止不住淚眼朦朧，光顧著說話，沒趕上飯點啊；站起身來，蹭不到公家的飯，只好回家去吃自己的了。

班諷帶著兵部功考司的人上了路，京裏頭的局面卻是詭異起來，異常的沉默，所有人都按部就班地做著自己的事，可是隱隱之中，又好像全然不是這麼回事。

時局還不明朗，誰也不知道接下來會發生什麼，官家那邊已經四五天沒有召三省入宮議事，三省這邊也不敢提，只是按時將奏疏送入宮中。

那份班諷的奏疏查來查去，最後還是查到了宮裏頭，原來是官家看漏了，因此這件事也只能戛然而止。

只是到了這個時候，坊間的流言倒是多了起來，說什麼的都有，京兆府這邊人手已經不夠，到步軍司那邊去要人，步軍司也是煩得很，將京兆府的請求打了回去，這個時候，還是儘量少做些動作，明哲保身，才是正理。

倒是沈傲顯得清閒自在，日子過得倒是挺滋潤，到處登門去拜訪這個，去拜謁那個，好像整個汴京，就他朋友多，人脈廣似的。

轉眼到了三月底，一個消息卻是傳了出來，猶如一顆驚雷，將所有人都嚇了一跳。

班諷……死了！

據說是他微服帶人巡查，結果被賊軍抓住，處死。

班諷的死，讓人鬆了一口氣，同時，讓某些嗅覺靈敏的人不由地打了個冷戰，班諷不是傻子，怎麼可能輕易被賊軍俘獲？這裏頭是什麼玄機？殺他的是誰？

可是不管怎麼說，人死如燈滅，已經有不少人隱隱希望，班諷的死，恰好可以將這件事做個了結，死了嘛，官家那邊大不了另行委派一員幹吏去查就是，只是除了班諷，還有誰敢揭露這驚天的弊案？

「死了！」沈傲目瞪口呆，這是他聽了這個消息的第一個反應。

過了一會兒，沈傲的嘴角不由地現出一絲冷笑，想起班諷臨行時對他說的話，他狠狠地一拳砸在几案上：「王八蛋，居然連兵部尚書都敢殺！」

隨即，沈傲搖了搖頭，一下子又黯然失色起來，沮喪地道：「是我殺了他，是我低估了那些混賬的心狠手辣。」

整個人像是抽乾了似的，沈傲有氣無力地坐下，突然發覺有的時候，自己並不像預料的那樣能夠掌握一切。

眸光一閃，沈傲咬了咬牙，道：「劉勝，快，給我遞條子去武備學堂，讓韓世忠立即帶人去班家，把班家的人都接來，不管是誰，全都給我接來，放出話去，班家人少了一根毫毛，我殺他全家！」

劉勝嚇了一跳，他從來沒有看到過沈傲生過這麼大的氣，噤若寒蟬地行了個禮，立即去了。

班諷的兒子叫班達，不是由韓世忠他們護著來的，而是扮作了一個客商，淚流滿面地孑身一人前來求見。

「沈大人……」班達不過二十五六歲的樣子，身材倒是壯碩，只是此刻已是面如死灰，不斷抽泣，朝著沈傲磕頭下拜，道：「父親大人臨行時曾千叮萬囑，若是他出了事，便讓我立即來見大人……」

「大人，父親臨死時，曾寫了一封書信給一個隨行的家人，說有一封書信，要請大人過目。那家人冒死進了汴京，送到了我的手裏，我……我帶來了……」

「拿來……」

沈傲接過書信，書信很厚重，想必寫了不少字，或許是班諷早有預感，已感到大限將至，所以才托人帶回來，這裏頭，一定有至關緊要的事。

展開書信，信中果然不出沈傲的所料，沈傲又是唏噓又是冷笑地將信看完，隨即將信收好，對班達問道：「令尊還和那家人說了什麼？」

「家父說，他是活不長了，他微服去了京畿北路，已被高俅那廝發現了蹤跡，大禍將至，他死亦無不可，只是求大人照顧……」

沈傲打斷班達，道：「我知道了，你起來說話，不要哭，男兒大丈夫，哭個什麼，誰殺了你爹，你殺他全家就是！」他不鹹不淡地繼續道：「放心，我已叫人去接了你的家眷來，有我在，還沒人敢動你們；你現在有什麼打算？」

班達強忍住淚，哽咽著道：「願聽沈大人的安排；只是家父的屍骸還遠在京畿北路，大人……」

沈傲撫著他的肩道：「你爹的屍骸，我一定會幫你尋回來，你和家人先在這裏住下，其餘的事交給我。」接著喃喃道：「高俅不按著規矩來玩，那我就奉陪到底，我沈傲和他不共戴天。」

沈傲的怒氣已到了極限，他承諾過保護班諷周全，可是如今卻是食言，說到底，是他下了不該下的保證，才害了人家；班諷敢挺身而出，自己爲什麼不敢？

班達千恩萬謝，由人領著去安頓了，過了半個時辰，班府那邊的家眷也都由校尉們護著過來。

韓世忠帶著幾十個校尉進來交卸差事，見沈傲臉色不好看，低聲問：「司業大人，這是怎麼了？」

「怎麼了？」沈傲笑得冷氣森森：「本大人想殺人了，帶著校尉回學堂歸隊去吧，不出幾日，有用得著你們的地方。」

韓世忠遲疑地點了下頭，隨即抱拳道：「大人，那麼下官先告辭了。」武人就是武人，沒有那麼多扭捏，行了個禮，便帶著人回學堂去了。

宮裏頭沉默了幾日，旨意終於出來，廷議！

廷議這東西，除了每月的常例之外，若是宮裏頭突然要開廷議，必然是有緊急的大事要商量，眼下什麼事最大？不言自明，所有人都預感到，這次廷議不會如此簡單，因此有資格參加廷議的大臣，都有點兒心驚肉跳。

上百個大臣熙熙攘攘地進了講武殿，按班站好，今日的氣氛很不尋常，往常的時候，都是他們等得差不多了，官家才慢吞吞地過來；只是今日，他們還沒來，那金殿之上，御案之後已經坐了人，趙佶穿著的不是朝服，而是袞服，猶如老僧坐定，俯瞰著殿下的一切。

「人……都來齊了嗎？」趙佶的聲音鎮定而平淡。

「……」

金殿之下，卻無人接口。

「朕今日叫你們來，只議一件事，班諷為什麼會死？」

依然鴉雀無聲。

「你們為何不說話？堂堂兵部尙書，就這樣死了，你們竟沒有話說？」

眾人將頭重重垂下。

「好，果然都是國之棟梁。」趙佶冷笑著道：「你們不說，朕來說！」頓了一下，才又道：「禁軍裏頭到底有多少弊端，何至於要殺人，班諷是誰殺的，高俅？還是殿前司？步軍司？」

這一句句話，誅心至極，立即有人拜倒道：「陛下，班諷是賊軍所殺。」

「哼。」趙佶嘲諷地冷哼一聲，慢吞吞地道：「賊軍？這賊只怕就是諸公吧。」

下頭頓時跪倒了一片，紛紛道：「微臣萬死。」

趙佶不說話了，似乎一下子疲倦下來，撫著案，嘆了口氣道：「何至如此，何至如此啊。」

眼看到陛下突然轉了話音，許多人心中一喜，一些摸透了趙佶性子的人更知道，官家性子孱弱，這件事大發雷霆之後或許就無蹤無影了。

正在這個時候，卻聽到有人朗聲道：「陛下，微臣有事要奏。」

眾人循目看去，竟是沈傲，今日沈傲的臉色肅穆，正兒八經地道：「本來有些話，微臣不該說，可是到了如今，卻不得不說。」

他掃視了殿中的大臣們一眼，一步步向前走，一邊道：「班大人的死有隱情，請陛下徹查。」

「徹查？」趙佶念了一句，頗有些動搖，他當然知道徹查意味著什麼，可是臨到頭來，卻有一點兒怯了，看了沈傲一眼，看到沈傲投來一抹鼓勵的眼眸，趙佶振奮精神，道：「如何徹查？」

沈傲道：「微臣手裏，有一份班大人臨死之前，叫人連夜送回京的信箋，請陛下過目。」

群臣譁然，都以爲班諷已經死了，誰知居然還留下了一封信箋，看這樣子，這信箋應當極爲重要，這個沈楞子，居然整這麼一齣，真真是坑人啊。

趙佶冷面道：「你呈上來。」

沈傲二話不說，從袖中抽出信箋，一步步走向金殿，到了御案前，躬身將信箋送到御案上，在此期間，他與趙佶四目相對，趙佶朝他輕輕嘆了口氣，沈傲低聲道：「陛下，武備學堂隨時聽用！」

趙佶頷首點頭，接過了那封書信。

只用眼睛掃了一眼，趙佶的臉色頓時大變，手不禁顫抖起來，繼續看下去，趙佶整個人身如篩糠，隨即將信重重摔在御案上，粗重地呼吸起來。

沈傲仍然站在御案邊，低聲叫道：「陛下……」

趙佶定住神，繼續撿起那書信展開來看，凝重地皺起眉，嘆息連連。

講武殿裏，沒有一個人敢抬起脖子來，趙佶仍然看著信，眼眸中儘是疑惑、憤怒、不甘，還有幾分無奈。

滿額三萬的馬軍司，原來真正的實數只有一萬三千人，其他的人哪裡去了？朝廷按月撥付的錢糧，足足一萬七千人的足額軍餉，原來早就層層剋扣，不知餵飽了多少人。

可是這種顯而易見的事，明明滿朝文武都知道，居然就只有趙佶一個成了傻子，三省不說，戶部撥放錢糧的不說，兵部功考的不說，御史言官不說，足足蒙蔽了二十年，從建中靖國開始到宣和六年，竟是無人出來說話。

還有，馬軍司在京畿北路竟被一群亂民殺得連戰連敗，風聲鶴唳，不得不龜縮在薄城不出，還是沒有人說，一個人都沒有。高俅害怕朝廷追究責任，竟屠戮良民百姓數千人，梟了首級，拿來報功。

薄城在哪裡？距離京畿北路有百里之遙，這樣的事，也沒有人說，一個人都沒有，倒是有一個人說了，一個明知將死之人，而這個人，也在薄城，薄城沒有賊，可是他死了！

趙佶的疑惑，是在思考，爲什麼沒有人說？他憤怒的是，原來所有人都將他當作了傻子。他不甘心，想要殺人，可是殺誰去？把整個朝廷都殺了？所以他變得無奈，什麼豐亨豫大、文成武德，原來都是假的。

此刻的趙佶，倒是異常冷靜起來，看了一旁側立的沈傲一眼，嘆了口氣，低聲道：「沈傲，朕該怎麼辦？」

沈傲面無表情地道：「當務之急，不能讓京畿北路的事態擴大。」

趙佶無奈頷首：「對，你說得對，是不能擴大，不能……那麼，該怎麼辦？」

趙佶怯弱的性子又發作了，他的心機並不在所有人之下，可是心底的怯弱，終究占了上風。趙佶是個奇怪的人，他多愁善感，有時意氣風發，滿腹豪言壯語，可是一遇到難題，他又變得膽怯起來，他怕麻煩，怕正面去面對這些困難。

沈傲心裏想著，這個時候，是該有人挺身而出，給官家一點希望，而這個人，好像只有自己才有這個資格了。雖千萬人，吾往矣！這……好像不是他沈某人的作風啊，莫非是官做得久了，沈某人也變得偉大高尚了？別人做官，越做越圓滑，稜角越磨越平，怎麼沈某人卻越來越偉大高尙？

沈傲定了定神，想到了一個理由，君恩似海，縱死難報。趙佶對他的恩典實在太過，這份恩典，沈傲嘻嘻哈哈地承受，可是在心底，卻一直希望報答，現在，就是粉身碎骨報效的時候了。

人情債……真他娘的欠著難受啊。更何況，他曾經許下諾言，要保護班諷，可是班諷卻因他而死，這筆賬，他一定要去算一算，爲了自己的諾言，也爲了班諷。

沈傲看著趙佶，四目相對，看到了趙佶眼眸中的無奈，接著雲淡風輕地道：「陛下，這個爛攤子，我去收拾。」

「你去？」

「是，微臣去。」沈傲這一次回答得很認真。

「你……你瘋了，你可知道……班諷已經死了。」趙佶抓著手中的書信揉成了一團，惡狠狠地對沈傲道。他把聲音儘量壓得很低，可是因爲激動，仍不免傳到殿下去。

沈傲鄭重其事地道：「陛下恩德，微臣無以爲報，唯有這條性命，來效犬馬之勞。」

趙佶聽了沈傲的話，突然恢復了勇氣，不管怎麼說，至少還有一個人，還有一個人願意對他坦誠相待，願意爲他效死的。

趙佶打起精神，眼神變得不可捉摸起來，看了殿下群臣一下，鎮定地道：「你……不能去，朕不能讓你去死，就這樣，你不必再說了。」

沈傲堅決地道：「微臣非去不可，我不去，滿殿的大臣還有誰可以去？京畿北路的爛攤子若無人去收拾，事態惡化，到時就悔之不及了。陛下，現在不是婦人之仁的時候，是該早下決斷了！」

這一句婦人之仁，倒是對趙佶最貼切的形容，可是當著皇帝說出來，實在是萬死之罪。只是現在的趙佶卻沒有空閒去計較，眼眸中卻是濕透了，咬了咬牙道：「你打算怎麼去？」

「帶上武備學堂校尉，請陛下敕命欽差，總攬京畿北路一切事務，授權專斷馬軍司。」

「好！」趙佶站起來，在金殿上來回踱步，手指著殿梁：「門下省何在？草擬詔書，朕與沈傲，名爲君臣，實爲兄弟也，今京畿北路告急，朕敕沈傲爲京畿總攬事，敕命欽差，專斷京畿三路，禁軍三衙，各路邊鎮廂軍，歸其調遣，欽此！」

京畿總攬事，專斷京畿三路，有調用禁軍三衙、邊鎮廂軍之權，單這一份敕命，就等於是將大宋所有的軍事力量全部交給了沈傲，只要沈傲有那麼一點異心，後果都不堪設想。

直到這個時候，有了這份敕命，沈傲和蔡京的權勢才足以分庭抗禮，一個總攬三省，統管天下政務，一個總攬三衙、邊鎮，掌握天下兵事，不過沈傲手裏的職權只是暫時罷了；不過單從這一點看，從聖眷來說，沈傲已遠遠超過了蔡京；宮裏可以放政權，卻是萬萬不能放軍權的。

沈傲沒有推辭，心平氣和地跪下，高聲道：「臣領旨謝恩。」

趙佶看著沈傲，一字一句地道：「糧草餉銀，你遞個條子進宮來，要多少，朕給！只是你這一去，要記著，京畿北路的匪患，可以徐徐圖之，絕不能將自己置身於險地，你死了，朕……」他哽咽了一下，負著手，抬起眸來，無比莊肅地道：「朕爲你扶棺守靈。」

說罷，趙佶揮了揮手道：「都出宮去吧，都退下，朕要靜一靜，朕有些累了！」

趙佶突然有些說不出的頹廢，彷佛一夜之間，衰老了十歲，嘆了口氣，眼睛望向了那封信箋，將信箋拾起，揣入懷中，領著楊戩從後殿出去。

沈傲步下金殿，看到許多人朝他看來，有畏懼的，有擔憂的，有沉默的，他們仍然跪著，沈傲長身而立，鶴立雞群，他笑了笑，道：「諸位還跪著做什麼？地上有錢撿嗎？不要這樣看著我，陛下已經說了，退朝！」

第一八九章
甕中捉鱉

高俅慢吞吞的道：

「不妨來個甕中捉鱉，那沈傲早晚要來薄城，

這薄城裏頭，四處都是我們馬軍司的人，

只要他肯進來，依著我的意思，他剛到這兒，

我們乾脆在夜裏設下埋伏，當夜圍殺他們。」

出了正德門，沈傲立即被石英、周正、姜敏等人圍住，紛紛為他嘆息，姜敏道：「沈傲，這一去，你可要當心啊，馬軍司的事，不止是一個高俅的問題，一旦逼他們太過，難保不會成為第二個班諷。」

周正拉著他的手，道：「這是你自己的主意，我是你的岳父，也不說什麼，男兒志在四方，建功立業只在今日，你好生保重，你姨母那邊，會每日給你吃齋念佛，望你能早日平安回來。」

石英捋著鬍鬚，沉吟道：「是不是該調一支軍馬先去，步軍司這邊還可以調用幾千人，以防有變。」

沈傲搖頭：「京畿防務本就吃緊，再調動兵馬，就怕城中有變，我只帶校尉們去，夠了。」

唏噓了一陣，沈傲告辭走了，回到家中，家裏頭還不知道這事，尚可以讓沈傲假裝鎮定，省得家裏人擔心，倒是門房這邊來報：「大人，有一個叫吳筆的求見。」

吳筆？想起去了萬年的同窗，沈傲頓時熱切起來，道：「在哪裡？」

「小的請他在廳裏等著。」

沈傲快步到了客廳，果然看到吳筆在這兒急不可耐地來回踱步，抬眸看到沈傲，二人四目相對，沈傲感覺吳筆消瘦了不少，想起他父親生死未卜，也不知怎麼安慰他。

沈傲先請吳筆坐下，問吳筆幾時回得汴京，吳筆才黯然道：「昨夜剛回，聽了消息，我立即交卸了職事往京裏趕了，只可惜渭河漲了水，不能坐船，一路遠涉過來。沈大……沈兄，你給我一句實在話，我爹是不是已經死了？我去問了許多叔伯，他們都說還不知道消息，我想他們多半是安慰我的，哎，父親大人性命垂危，生爲人子的竟無計可施……」

接著吳筆嘆了口氣，仰天長嘆，攥著拳頭道：「不管如何，我也要替父報仇。」

沈傲真摯地道：「我這邊所知道的消息也是生死未卜，只知道賊軍扣押了令尊，其他的事就一概不知了。你可曾到吏部那邊點卯了嗎？吏部那邊怎麼說，給你分派了什麼職事？」

吳筆道：「吏部那邊就是叫我等著守制，其他的事也問不出什麼來。」

「守個屁制。」沈傲在吳筆面前難得說一句粗話，隨即道：「但凡有一點辦法，也要把你爹救出來，你不是想報仇嗎？告訴你，我立即也要去京畿北路，你若是想去，我點你一個名，就隨軍做個主簿吧，你也先不要哀痛，你爹還沒死呢。」

「去京畿北路？」吳筆眼前一亮，又聽沈傲說父親真的未死，不由道：「好，我去，全聽沈兄的安排。」

安慰了吳筆幾句，沈傲問起吳筆在萬年的事，吳筆道：「一個縣令，又能有什麼驚天動地的事，比起沈兄，差得遠了，不過西京那邊倒也好，雖然比不得汴京、蘇杭，可是民風卻淳樸得很。」

安頓了吳筆，沈傲歇了一日，便去門下那邊領了旨意和欽差印綬，又去兵部那邊斡旋，兵部新任尚書是該部部堂補任的，叫王文柄，見了沈傲就如老鼠見了貓，沈傲說什麼他都應，反正他的意思就是先安撫住這個沈楞子，以後若是做不到的，大不了推到漕運和三省去。

於是沈傲就說：「往後那邊的糧餉要加倍，兵部這邊要是敢玩什麼損耗和剋扣，別怪我翻臉無情。」

「好說，好說。」王文柄心裏有點兒想罵人，還不准有損耗，不准有損耗，到哪兒去徵集民夫調糧去？就算人家肯一點兒賞錢也沒有，這一路上難道不要吃喝？

不過這些話，他是不能說的，唯一的辦法只能請戶部那邊再多撥付一筆糧來，以供損耗；至於剋扣，王文柄倒是沒有這個膽子，誰剋扣誰啊，人家不剋扣你就不錯了，也不看看沈傲是什麼人，惹得急了，人家是敢抄傢伙拼命的。

沈傲又說：「器械都沒有問題吧？火油、天橋、飛火槍這些也要按時送到。」

這個倒是容易，王文柄連忙應下來。

沈傲接著拿出一張清單，道：「還有一些東西，我都寫在紙上了，你看著辦吧。」

王文柄笑呵呵地拿起單子，口裏正要說沈大人的吩咐當然不成問題，可是看了單子，眼珠子都快要掉下來了，驚訝地問道：「大人，既是去打仗，要琴棋書畫、筆墨紙硯做什麼?還一次要這麼多，這個……這個……」

「上陣殺賊之餘陶冶情操行不行？」沈傲撇撇嘴，已經起身要走了：「東西都給我備好了，少了一樣，我參你一本。」

於是，那王文柄再不敢多話，唯唯諾諾地應下。

武備學堂這邊是早已準備好了的，教官、教頭加上十幾個博士，還有八百校尉已是打點好了行裝，至於車馬，兵部那邊也已先送來了，眼下汴京城議論紛紛，朝廷還在隱瞞京畿北路的軍情，所以沈傲決定趁著夜深人靜的時候出發，因而圓月高懸時，來送別的人又是一陣唏噓。

夫人們不知道沈傲此行的危險，只知道他是欽命去督辦軍事，並不是前去一線，所以只是盼他早些回來。倒是周正幾個面色凝重，卻要作出一副鎮定自若的樣子與沈傲互道珍重。

班諷的兒子班達央沈傲帶他一起去，便是做個隨行的胥吏也好，沈傲到兵部為他補了個差，其實宮裏頭也有旨意，要從重撫恤班諷的家人，所以也沒有爲難，直接給了個馬軍司都頭的差事。

還有吳筆，他和班達也算是同病相憐，兩人的爹都折在這京畿北路，也是要隨行的。

再三別過後，出門騎了馬，連夜出城去和城外集結的校尉們集合。

這一路過去並不遠，只有數百里的路程，雖然沒有水路要走，可是官道這邊倒也修得寬敞，不必去跋山涉水。

蔡府。

蔡京這幾日都告了病假，假是告了，卻是沒有閒下，三天兩頭總有人來拜會；和以往不同，這些人一到府門口，就被門房直接送到小廳裏安坐，那蔡府邊工地上的鋸子、錘子的聲音嘎嘎咚咚的作響，搞得整個蔡府都不安寧，唯獨這小廳，因爲距離工地較遠，又門禁重重，反倒是個安靜的去處。

蔡京年紀大，受不得那噪音，乾脆就將臥房搬到了小廳邊的書房裏，躲個清淨。

新任的兵部尚書王文柄在這兒已經等候多時，直到蔡京從書房那頭危顫顫地過來，立即起身道：「恩師，門下有禮。」

王文柄是建中靖國二年的進士，恰好那時的主考就是蔡京，其實這一層師生關係要不要緊，主要還是看學生的態度，若是學生覺得這恩師是棵好的大樹，再加上自個兒少點廉恥，隔三差五地便來問個安，如此一來，這師生的關係就算穩固了。當然，也並不是所有人都沒有廉恥，沒有節操，而王文柄，恰恰就是沒有廉恥的那一個。

王文柄第一次去見蔡京，便已經自稱恩府聖師門下走狗了；好在這走狗做得也值得，十幾年下來，他便做到了侍郎，這一次因為班諷出了事，蔡京那邊稍一活動，這尚書之位便落到了他的頭上。

王文柄意氣風發，少不得要來向蔡京致謝，此外，更少不得要商量幾句話。

蔡京坐下，對王文柄壓壓手，道：「來，坐下說話。」

王文柄欠身坐下，道：「昨日那沈傲來了兵部一趟，還遞了個單子，要兵部這邊籌辦著，請恩師看看。」

從袖子裏抽出一張紙條，小心翼翼地交到蔡京的手裏，蔡京的眼睛有些不利索，將紙條放平挪遠一些瞇著眼睛看了一下，才將紙條放下：「這件事，加緊著去辦吧，不要耽誤了，沈大人是為我大宋效力嘛，不能虧待了他。」

王文柄還生怕蔡京這邊為難，總算放下了心，道：「恩師的教誨，門下記住了。」

蔡京笑呵呵地道：「你如今已是部堂之首，還這麼謹慎！這些事，不必來問老夫的，你自個兒斟酌了去辦就是。對了，兵部那邊怎麼樣？如今是多事之秋，你的公務想必很繁重吧？」

王文柄作出感激涕零的樣子道：「繁重倒是不至於。」他先是笑了笑，隨即意味深長地道：

「這朝廷裏都知道，如今的兵部尚書是那沈傲，他說什麼，便叫人飛馬遞條子過來，咱們兵部，倒像是給他蓋戳子的了。原以爲他離了汴京，這境況會好一些，誰知還是原來那樣子，每天呢，都有人從路上回來，指著咱們兵部給他辦事，原本呢，這也沒什麼，門下還樂得清閒一些，可是他這般做，卻不知到底懷著什麼居心，總攬軍事，要嘛是個諸葛孔明，可一不小心，就成曹操了。」

蔡京只是笑：「你呀，這些牢騷對老夫說說也就是了，可不要胡亂去說，陛下對他信賴有加，你說再多也無用。跟他相處，只需記得『戒急用忍』四字就是，他說什麼，你儘管去做，不要輕易得罪他，否則便是老夫，也保全不住你。」

王文柄編排了沈傲幾句，看到蔡京露出笑意盎然，倒是更來勁了：「好在朝廷裏頭還有恩師維持著大局，有恩師在，那沈傲還翻不起浪來，他不過是幸臣，在陛下面前討好賣乖有兩手是真的，其他的，哪裡比得過恩師。都說官家信賴他，可是真正離不開的還是恩師呢。否則這麼一大攤子的雜務，天下有誰能攬起來？」

又說了幾句話，王文柄才起身告辭，道：「學生少不得還要去兵部那邊盯著，或許那姓沈的還有條子遞來，恩師，學生過幾日再來給你老人家問安，你年歲大，也不必太殫精竭力，該歇的時候就多歇歇，我那邊恰好讓人在塞外購了些塞隆骨，這可是難得的好藥，過幾日就給恩師送來，門下要看著恩師餵服才安心。」

王文柄告辭走了，蔡京才危顫顫地站起身，看著王文柄的背影，微微地搖搖頭；過不多時，一個主事飛快地小跑進來，也不通報，徑直進來見禮：「高大人有回音了。」

蔡京哦了一聲，含笑道：「來得倒挺快的，拿信給我看看。」

那主事小心翼翼地將一封封了封泥的信箋交給蔡京，蔡京撕開信封，看了一會兒信，抬起頭道：「果然是他做的好事，不過……」他渾濁的眼眸又落在信上，慢吞吞地道：「這樣也好，走了一個班諷，才能勾出一個沈傲嘛。」

主事顯然是蔡京的心腹，如此機密的話也不將他斥退；這主事額頭上的汗漬還沒有乾涸，方才急著送信，所以一路小跑過來，忍不住多喘了幾口粗氣，才道：

「老爺，那沈傲去了京畿北路，多半會將高大人鎖拿回來，高大人那邊可有不少和老爺的隱事，是不是……」

蔡京搖搖頭道：「鎖拿？哪有這麼容易，出了汴京，就不是按朝廷的規矩去辦事了，誰鎖拿誰還指不定呢！靜安啊，你去把筆墨拿來，我要給高俅寫個回信，待會兒你請個心腹人送過去。」

主事二話不說，立即從書房那邊拿來了筆墨，又將一方紙用鎮紙壓在几子上，在旁磨墨，一邊道：「老爺，要不要派人加急送過去？」

「這是當然的，務必兩日之內就要送達。」蔡京提筆蘸了墨，卻是心中一動，並不用右手去寫字，而換了左手，在雪白的紙上，慢吞吞地寫下一個字——殺。

只是一個極大的殺字，占滿了整方宣紙，蔡京慢悠悠地放下筆，道：「封起來，立即去辦吧，再有高俅的書信，就不要再送來看了，出去透個口風，就說老夫病重了，往後再不見客，便是大皇子來，也替我擋著。」

主事躬身收了字，隨即小心翼翼地吹乾墨跡，道：「小的這就去辦。」

薄城位於京畿北路沿線，只是這裏相距京畿北路，仍有百里的路程，城中到處都是亂兵，街市蕭條，到處都是斷壁殘垣。

高俅便在這薄城駐紮下來，馬軍司先是信心十足的直入京畿北路，隨即爲天一教人四處劫殺，幾次戰鬥竟都是丟盔棄甲，如此一來，馬軍司已是嚇破了膽，再加上高俅亦是貪生怕死之人，率先領著中軍後撤，以至於整個馬軍司暫態崩潰，亂兵、逃兵四散。

好在天一教立足京畿北路不穩，沒有乘勝追擊，才讓高俅有了喘息之機。在薄城，他已待了足足兩個月，心裏害怕擔著干係，因此一直隱瞞不報。

他的住處在薄城縣縣衙，每日正午時分才起來，也不再管事，一門心思要降低此事的影響，於是四處修書，托人爲他掩飾。

每到午時三刻，眾將便過來按時拜謁高俅，高俅昨夜沒有睡好，不斷的打著哈哈，眼睛望向那一個個嘻嘻哈哈的將佐，也沒心情去約束，只問了斥候傳回的軍情，聽到京畿北路那邊沒有動靜，便大手一擺，讓諸人各自回營。

負著手回到後衙，那一邊有個長隨過來，低聲道：「老爺，有書信。」

「莫非又是那逆子？哼，我不看！」

他擺擺手，顯得有些厭惡，到了這個份上，那個逆子高衙內竟還在汴京城裏胡鬧，前幾日爲了一樁事，竟是把人打死了，這種事可大可小，若是有人誠心拿著這個做文章，再聯繫不久前那前來功考的兵部尙書，那可就不好辦了。

好在班諷那邊高俅已經解決了，班諷隱匿蹤跡，以爲自己神不知鬼不覺，其實一入這薄城近郊，便教人認了出來，高俅生怕事敗，乾脆一不做二不休，教人扮作匪徒，將班諷殺死。

只是現在汴京那邊已經傳來消息，說是沈傲那傢伙已欽命前來督辦這裏的軍事，他已預感到大事不妙，正要尋思應對之法，那高衙內若是又做出什麼莽撞的事，真真教他難堪了。

沈傲不比班諷，不是說殺就殺的，就算要如法炮製，也得先聽聽蔡太師的意思，高俅心裏頭憂心忡忡，就怕那狡猾的蔡京首尾兩端。

長隨躬身道：「老爺，不是少爺那邊送來的，是蔡府那邊的書信。」

「這麼快？」高俅抖擻精神，道：「拿來我看看。」

接過了信，急不可耐的拆閱起來，撕開封泥，展開信箋，書信之中，只有一個大大的字——殺。

高俅皺眉，這信上的字不像是蔡京的手跡，字的本身有點兒歪斜，應當是有人用左手寫的，他冷聲道：「這當真是太師的信？」

長隨道：「沒有錯，是蔡京府上的一個人親自送來的，這人我認得。」

高俅又查驗了封泥，那封泥上確實蓋了蔡府的印章，絕不會有錯。他淡淡然道：「這麼說，蔡京是生怕這封書信落在別人手裏，又怕我將這信留著，將來事情敗露，攀咬他出來？」

他喃喃自語了一番，陷入深思。蔡太師這個字，自然是教自己殺沈傲了，殺了沈傲是什麼後果，這個罪他心裏清楚，他擔當不起。

除非……除非能夠神不知鬼不覺，甚至是想盡辦法把責任推諉出去。

他定了定神，對長隨道：「把畢成、陶鈞、何有亮叫來，快。」

長隨應命，忙不迭的去了。

高俅在後衙裏來回踱步，一雙濃眉彷彿化不開似的，皺成了川字，他眺望遠處的屋脊，慢吞吞的自言自語：「太師既然叫我殺人，這麼說來，這沈傲是來者不善，專門衝著我來的了，可是又該怎麼殺呢？」

尋了個涼亭呆坐了一會兒，仍然沒有頭緒，過不多時，便有幾個人快步過來，這些人都穿著鮮亮的袍甲，顯然在馬軍司中官職不低，一齊過來見了高俅，朝高俅行了個禮：「大人……」

高俅擺擺手，示意他們不必多禮，任他們站著，慢吞吞的道：「諸位還好嗎？」

這三人都是一頭霧水，這句話是個什麼意思？

高俅才道：「畢成，殺班諷的事是你設計的是不是？陶鈞、何有亮，斬殺班諷時，是你們親自領著人扮作了賊兵殺的對不對？你們在馬軍司裏，都是剋扣最多，殺良冒功最多的，那班諷只要奏咱們一本，官家暴怒之下，我們都死無葬身之地了。」

畢成冷汗淋漓：「大人，這是什麼話，這事不是已經過去了嗎？再說，那班諷是天一教殺的，這也是咱們商量好的，怎麼大人又提起舊事？」

陶鈞和何有亮是兩個莽撞大漢，紛紛道：「殺了就殺了，又如何？」

高俅淡淡一笑：「我的意思是，咱們現在都是犯了彌天大罪的人，所以呢，就不妨開門見山吧，大禍就要來了！」

「大禍……」

三人瞪大眼睛，都忍不住打了個機靈，畢成知道高俅話裏有話：「請高大人明示。」

高俅道：「班諷臨死之前，已經寫了一封書信，叫人送回了汴京。沈傲你們知道吧，信就落在他的手裏，如今天子震怒，已敕命沈傲爲欽差，總攬軍事，帶著人來了。」

陶鈞惡狠狠的道：「又是那個沈傲，這廝是鐵了心和咱們過不去了，末將早就說了，他和班諷，肯定是狼狽爲奸的。」

畢成道：「高大人，這事兒蔡大人那邊怎麼說？」畢成較爲冷靜，心知此時的高俅已經有了主意，而高俅有主意，一定是受了汴京城的授意。

高俅正色道：「主意倒是有，就是說出來怕嚇著了你們。」

何有亮攥著拳頭道：「大人直說就是，弟兄們是見過些風浪的。」

高俅慢吞吞的道：「蔡大人的意思是——殺。殺了沈傲，仍舊嫁禍給天一教，不管陛下信不信，咱們馬軍司這邊誰也脫不了干係，陛下反倒不能輕舉妄動，內又有蔡太師斡旋，至多，咱們解甲歸田，這官不做了就是，性命卻能保住。」

他望了錯愕的三人一眼，繼續道：「不殺他，他早晚要我們的腦袋，此人最會興風作浪，早和我有嫌隙，對你們，也有成見，如今手握大權，又挾班諷之恨，咱們還能活嗎？」

這句話算是堅定了三人的決心，畢成眼眸綻放出殺機，冷聲道：「高大人，怎麼個殺法？是仍舊扮作是天一匪徒半路截擊？」

高俅搖頭：「他們隨來的有一千餘人，人數不少，這裏又是京畿轄內，若是不能一擊而中，讓他們逃回去幾個報信，援軍幾日之內就可到達。」

畢成已一頭霧水：「那麼高大人的意思是？」

高俅慢吞吞的道：「不妨來個甕中捉鱉，那沈傲早晚要來薄城，這薄城裏頭，四處都是我們馬軍司的人，只要他肯進來，咱們先和他周旋著，依著我的意思，他剛到這兒，也不會急於要對我們動手，我們乾脆在夜裏設下埋伏，當夜圍殺他們。」

定下了方陣，高俅倒是一下子冷靜了，殺班諷是殺，殺沈傲又何嘗不是殺，到了這個地步，只有遇神殺神遇佛殺佛，坐以待斃唯有死路一條，可是把人都殺了，反而還有一線生機。這裏不是汴京，天高皇帝遠，到時候放一把火，該怎麼說，還不是自己隨口捏造就是。

「好吧，本大人就是知會你們一聲，叫你們做個準備，你們呢，也不必風聲鶴唳，放心去吧。」

三人面面相覷，只好抱拳：「高大人，咱們告辭了。」

從汴京出來，校尉們一路沿著官道步行，由教官、教頭兼著博士們領隊，仍舊操練，一大清早，是列隊會操，用罷了早飯，便是一隊隊人挎著儒刀穿著精良鎧甲慢跑了，跑一個時辰歇一炷香，一天下來，個個都是疲憊不堪。

到了夜裡仍舊是安營紮寨，這個時候，教頭會講解一些安營紮寨的規矩，這營房該怎麼佈置，如何處置明火，又該和河水溪流保持多遠的距離，除此之外，還有夜間如何發佈口令，如何派出斥候，斥候在眼下這種情況該出去多久，又該主要往哪個方向。

這些小知識，在課堂裏講了也記不牢，可是在這種環境下，一邊叫校尉們去做一邊講解，倒是讓校尉們記牢了。

除了留下一部分替換的崗哨，一到夜裏，整個營房便是鼾聲陣陣，跑了整整一天，雙腿既疼又酸，一沾上床榻就累得不行，睡得很熟。

只不過仍有不可預知的事在等著他們，比如某一個夜深人靜的夜裏，從主帥營房裏走出一個英俊瀟灑搖著扇子的傢伙，頭頂著圓月，忍不住詩意大發；又或是在如廁之餘，心裏生出萬千惆悵；又或者是，吃完了夜宵，一時不能入睡，於是……

「集合！」

先被喊起來的是韓世忠這些人，教官、教頭們打了個機靈，紛紛起來，一肚子的牢騷，便全部撒到校尉身上去。

夜裏起了大風，甚至還淅瀝瀝的下著綿綿細雨，可是沈大人的話就是命令，在武備學堂裏，命令是不許打折扣的，於是在那黑暗之中，一聲聲粗獷的聲音大吼：「集合，集合！」

再然後，無數人悲劇了。

大半夜的，睡得正香，誰也不想從被窩裏起來，可是那集合的鼓聲響起，校尉們在短暫的猶豫之後，立即鑽出了被窩，開始穿戴衣甲，跨刀冒雨出去。

再然後，沈傲開始搖著扇子，後頭由班達撐著一柄蘇州來的荷花傘，在這漫漫雨絲之中漫步，看到這一隊隊整齊的校尉，於是心滿意足了，精神得到了昇華，自認為世上還有比他更慘的人，便打了個呵欠，睡覺去也。

留下一群教官、教頭四目相對，滿是無奈的苦笑，隨即高聲道：「解散！」

人來的快，去的也快，風風火火的過來，也是急促促的跑開，當然，校尉們是免不得幾句腹誹的，這沈大人，做人也太不厚道了。

夜間集合，當然不是沈傲拍腦袋想起來的，這是訓練校尉的反應能力，同時讓他們適應夜間出現突發事件的可能。另一方面，若是沒有這個訓練，將來難免有炸營的危險，經常操練他們幾下，這炸營的事就可以避免了。

七日之後，前面的斥候已經過來回報，說是前面就是薄城，已經去通報了一聲，城門也開了，馬軍司大小將校就等著沈大人入城。

這個時候，沈傲卻是突然下達一道命令，就地安營，先歇一天再進城。

那些連續跑了半天的校尉一下子鬆弛下來，立即選準了位置，開始安營紮寨，沈傲今日倒是沒有折騰他們，只教他們空閒時間去聽博士們授課，讓他們早半個時辰去睡。

這一夜過得很長，沈傲的營房裏燭影冉冉，班達進去遞了幾次水。

看到班達忙碌的樣子，坐在營房裏看書的沈傲突然放下書：「班兄，給你報仇的時候到了。」

班達身軀一震，仰起臉，看著沈傲：「大人……」

沈傲擺擺手：「你不必再說什麼，放心，高俅留給你，你父親的仇，你親自來動手。」

「謝大人。」

第一九〇章
假傳聖旨

高俅身後的將校、親衛紛紛要站起來，

尤其是那畢成，發現情況不對，便立即大叫：

「沈傲假傳聖旨，弟兄們，咱們不必理會他。」

他話音剛落，沈傲身後的校尉紛紛拔刀，一柄柄長刀迎著曙光，寒芒閃閃。

天漸漸破曉，淡青色的天空鑲嵌著幾顆殘星，大地朦朦朧朧的，如同籠罩著銀灰色的輕紗。此時的天際，已微露出蛋白，雲霞漫天，像是浸了血，顯出淡淡的紅色。

清晨，朦朧輕霧瀰漫營地，雖還不見太陽，卻散發著燃燒的氣息。

此時的天空裏沁著微微的芳馨，夜雨滌盡了一切的塵汙，連帶著把茉莉花的清香也在濡濕中渲染開了，隨著風兒飄溢，飄進了每一個呼吸的毛孔中。隨著鼓號聲響起，這時不需教官、教頭去催促，校尉們已準時從營帳中奔出來，挎著刀集結於營房中央的空地。

博士們拿著花名冊點過了卯，沈傲抖擻精神，穿著緇衣繫著玉帶，踩著泥濘過來，他頭頂著五梁三品進賢冠，臉色難得的嚴肅。

「挺起胸來。」沈傲腳下的靴子踩得髒兮兮的，一邊道：「人都來齊了吧？」

各隊教官紛紛過來道：「都到齊了。」

沈傲撣撣身上的露水，慢吞吞的道：「能入我武備學堂的都是讀書人，讀書人仗劍殺人敢不敢？」

校尉們高吼道：「有何不敢？」

沈傲呵呵一笑，臉色平靜：「敢不敢靠的不是你怎麼說，是看你們怎麼做，諸校尉聽令。入薄城之後，全部聽從我的號令，誰若遲疑，軍法處置！」

眼見司業大人不像是開玩笑的，校尉們倒是有點兒激動了，在一個幾乎封閉的環境裏苦熬了半年，精力無處發洩，使得他們每一個人都變成了積蓄了力量的牛犢，恨不能去嘗嘗舔血的滋味。

那邊薄城有人飛馬過來，向沈傲行禮道：「可是沈大人嗎？」

沈傲淡然道：「我就是。」

「高大人聽聞沈大人駕臨薄城，已率人在薄城恭候大駕，請大人速速入城與高大人相會。」

沈傲呵呵一笑：「好，我正想見一見高大人。」說罷騎上馬，下令道：「不必收拾營帳，全員隨我入城。」

隊伍迅速向薄城前行，這裏距離薄城，不過十里的腳程，沈傲在前騎馬，後頭教官、教頭帶著校尉慢跑尾隨，那呼喝口令聲倒是響亮，氣勢如虹。

到了薄城，薄城城門大開，早有幾個馬軍司將校迎出來，在沈傲馬下拱手行禮：「末將人等見過沈大人，大人一路旅途勞頓，有失遠迎。我等奉高大人之命，在此恭候！」

沈傲冷面一笑：「恭候就不必了，高俅呢？」

這一句問的極不客氣，幾個將校面面相覷，為首一個人道：「大人在裏頭備下了茶水，就等沈大人的大駕了。」

沈傲哈哈一笑：「茶就先不必喝了。」他望著幽幽門洞之後，有許多穿著鎧甲的禁軍，人影綽綽，繼續道：「告訴高俅，聖旨來了，叫他出來接旨意！」說罷，從袖中取出一卷黃帛，莊肅無比的翻身下馬，高高將黃帛揚起。

將校們見了黃帛，頓時大氣不敢出，紛紛拜下，便是門洞之後的禁軍，也沒有想到這個變故。

為首的一個將校正是高俅的心腹畢成，原想將沈傲引入城中，再想辦法監視起來，誰知沈傲到了這門洞口，卻掏出了聖旨，到了這個時候，頭皮已經有些發麻了，卻只好道：「沈大人何不待高太尉擺好了香案，在城內宣佈聖旨？」

沈傲喝道：「大膽，本欽差辦事，也是你能多嘴的嗎？把高俅叫來！」

畢成無奈，只好叫了個禁軍進去通報叫人，心裏想，我們這裏這麼多人，還不至怕了他，雖說人家拿出了聖旨，禁軍不敢輕舉妄動，可是他也不信沈傲會在這種時局不明朗的情況下動手。

足足等了兩炷香時間，門洞裏頭傳來一陣急促馬蹄，過不多時，那高俅便帶著數十個心腹騎馬過來，遠遠的停了馬，下了馬來，望了沈傲一眼，冷笑一聲，隨即一步步過來，朝沈傲拱拱手：「沈大人好。」

沈傲正色道：「好不好這是後話，高俅，跪下，領旨意！」

這一聲大喝，威勢十足，倒是教高俅不得不屈膝跪下了，他俯下身，莊重無比的道：「臣馬軍司都指揮使高俅領旨。」

沈傲卻是將旨意一收，朝著高俅冷笑道：「高俅，你可知罪？」

門洞裏的禁軍們見到這個情形，一時也呆住了，跪在沈傲跟前的高俅和一干將校、親衛也都俯身交換眼色，說好了傳旨意，怎麼又說這個。

高俅一時拿不定主意，很快又鎮定下來，淡淡然道：「高某不知。」

「你不知?那好，我來和你慢慢算賬，你剋扣軍餉，鬆弛軍紀，任用私人，殺良冒功，欺君罔上，殺戮大臣，這幾樣罪，你認不認？」

高俅冷聲道：「怎麼?沈大人不是要宣旨意嗎？」

沈傲厲聲道：「你認不認？」

高俅身後的將校、親衛紛紛要站起來，尤其是那畢成，發現情況不對，便立即大叫：「沈傲假傳聖旨，弟兄們，咱們不必理會他。」

他話音剛落，沈傲身後的校尉紛紛拔刀，一柄柄長刀迎著曙光，寒芒閃閃。長刀的刀尖指向要站起來的馬軍司將校、親衛。

高俅臉色大變，他無論如何也想不到，竟會以這種方式、這樣的場合和沈傲正式攤牌。

沈傲一雙眼睛直勾勾的盯著他，一字一句的繼續問：「高俅，你認不認？」

高俅咬咬牙，哈哈笑道：「教我認？認什麼？這些事只是我一個人有份，怎麼？若是說咱們馬軍司上下都有干係，沈大人還能將我們盡數殺了?!」

沈傲淡淡笑道：「盡數殺了又何妨？殺一人和殺十人百人又有什麼區別？」

他話音剛落，早已接了命令的韓世忠已是抽出刀來，道：「沈大人有令，殺！」

「殺！」無數柄長刀驟然而至，如狼似虎的衝入跪了一地的將校和親衛群中，長刀在半空劃下半弧，隨即落下，接著一聲聲呻吟，鮮血四處濺開。

一聲令下，同時發難，長刀一齊斬下，頃刻之間，數十個將校、親衛人頭落地。

空氣中瀰漫著濃重的血腥，血腥化開，讓僅存的高俅一時呆住。

門洞裏頭的禁軍看到這邊的變故，也都是呆了，有人鼓噪道：「去救高大人。」

那人的話音剛落，便聽到有人高聲大呼：「校尉列陣，膽敢出城者，死！衝撞欽差行轅的，滅族！」

「遵命！」聞到血腥的校尉眼睛都紅了，按捺著最後一絲理智，立即彙聚成隊列，堵住了門洞。

裏頭的禁軍更是嚇了一跳，聽到那「滅族」二字，更是噤若寒蟬，再看門洞外一地的橫屍，那殺機騰騰一列列擁堵來的校尉，真真是嚇得脖子發涼，不說那沈傲是欽差，便說眼前這些如狼似虎的校尉，便讓他們失去了勇氣。

高俅望著一地的屍體，臉色青灰，嘴唇開始顫動，這個時候他真的怕了，忍不住道：「瘋了，瘋了……沈傲，你瘋了……」

他身如篩糠，這個時候才感覺到了畏懼，一種強烈的恐懼遍佈全身，不可置信的看著沈傲，這個風度翩翩的少年，只是淡淡一句話，便是數十上百個人頭落地……

沈傲地上的人看都不看一眼，繼續注視著高俅，眼眸深邃又惻然，一字一句的繼續問：「高大人，最後一遍，你認不認？」

高俅咬著牙，高聲道：「我認又如何，我是當朝太尉，欽命馬軍司都指揮使，天子幸臣，就算是要殺，也輪不到你，自有三司會審，有天子明斷！沈傲，你好大的膽子，你假傳聖旨，這筆賬，本大人記下了，這官司，咱們到御前去打。」

沈傲嗤笑：「太尉，好大的官啊，別人殺不得你，我沈傲殺得了你，本大人欽命攬京畿三路事，總攬三衙，生殺予奪，今日來，就是代那些被你拿去冒功的良民，代兵部尚書班諷班大人來取你狗頭！」他大叫一聲：「班達，還愣著做什麼，報仇雪恨，就在今日！」

班達已提刀出來，看到高俅，齜牙大笑：「高俅狗賊，你也有今日！」不待那高俅反應，橫刀劈下，隨即鮮血四濺，高俅慢慢痿身癱下，化作了肉泥。

清晨的曙光初露，血腥瀰漫之中靜籟無聲，沈傲掏出一隻方帕，去擦拭身上濺上的血跡，劍眉微微一皺，滿不在乎的喃喃道：「浪費了一身好衣衫，這筆錢，下次去高府尋高衙內算。」重新翻身上馬，冷漠的道：「聽我號令，入城！」

他騎著馬，堵著門洞的校尉看到他過來，滿是敬意的分開一條路，隨即呼啦啦的列隊尾隨在後。

穿過門洞，前面是黑壓壓的禁軍，禁軍們目瞪口呆，只是須臾功夫，都指揮使和將校、親衛就葬身在野外了，這個變故讓他們一時轉不過彎，可是看到沈傲氣定神閒的策馬迎面過來，猶如遇到了瘟神，紛紛避出一條路，任沈傲和校尉們通過。

不知是誰雙腿一軟，撲通跪下，口裏道：「恭迎欽差大人入城。」接著黑壓壓的禁軍猶如波浪一般俯下，嗡嗡道：「恭迎大人入城。」

馬下是跪了一片的禁軍，一個個連眼皮都不敢抬，大氣也不敢出。

他們只聽到嘩啦啦的皮革與金屬的摩擦聲，那一身鎧甲的校尉列隊踏步而過，沉重的軍靴將青磚鋪就的正街都要踏碎了，有人偷偷地抬起眼來，看到一列列人跨刀過去，清晨曙光之下，身上的金屬片折射出耀眼的光芒。

所有人都很安靜，遇到這種情況，除了俯首稱臣，誰還敢冒出尖來，方才那殺人的手段，頃刻之間，什麼太尉、什麼將虞候、都虞候、都知，原來在這些人眼裏，都不過是豬狗一般的存在。

當那些校尉的隊伍漸行漸遠，所有禁軍都面面相覷，一時間手足無措，不知該如何是好。

沈傲鳩占鵲巢，就在高俅原來的住處住下，至於高俅的親衛，也全部控制起來，他們的營房，自然歸屬校尉們安頓。

方才的一陣殺戮，讓沈傲的胃裏很不舒服，有一種想吐的衝動，有一點刺激，又有點兒噁心，可是殺過了人，這種不適感就煙消雲散了；想必那些校尉也是如此，好在這些人忍耐力驚人，懂得克制自己的身體反應，才沒有當場嘔吐出來。

班達替父報仇，得償所願，現在則是拿了父親的牌子躲到一處地方去祭奠告慰了。

教官、教頭、博士們紛紛過來，沈傲盤踞在縣衙的案上，開始處置善後之事。

「高俅身爲犯官，衝撞欽差行轅，已經殺了，這件事，立即草擬出一個奏事來，向三省那邊知會一聲。」

這一句知會，倒也夠囂張的，意思就是給你打個招呼，不識相的，連你一塊收拾。

沈傲繼續道：「奏疏的事，我親自來寫。本欽差來這裏，既是督戰，也是殺人，這人，先從馬軍司殺起。」

沈傲慢悠悠地繼續道：「隨軍的博士立即先架起一個軍法司的架子來，白日審問，夜裏仍然給校尉們授課，有勞諸位先生了，到時會記你們一次功。」

博士們敬畏地看了沈傲一眼，紛紛道：「下官等責無旁貸，不敢居功。」其中一個博士道：「不知大人從哪裡開始查起。」

沈傲冷聲道：「謀殺兵部尙書，參與的一個都不要漏下，除了軍卒，虞候或以上的全部就地處死。還有殺良冒功的，也遵照這個來辦，抓了一個拷問一個，牽連一個追究一個，但凡是有干係的，不問他的出身背景，直接報到我這裏來，我來勾決。」

博士們不由地皺起眉，有人道：「大人，若是如此，是不是干係太大？現在兩軍交戰，牽連太廣，會不會鬧出亂子？」

沈傲闔目，慢悠悠地道：「這不是你們該想的事，按我的意思去辦。」頓了一下，又道：「還有，今夜我親自去給校尉們授課，夜裏用過了晚飯，就召集大家到校場那邊集合。」

沈傲授課的內容只有一個字——仁，身爲君子，身爲校尉，要有仁心，仁心是什麼？他面若寒霜，一雙眼睛盯著下頭挺直坐在馬紮上的校尉，一字一句地道：

「項王見人，恭敬慈愛，言語嘔嘔，人有疾病，涕泣分食飲，至使人有功，當封爵者，印刓敝，忍不能予，這是婦人之仁。什麼是君子校尉之仁？」

全場默然，所有人都看著沈傲，經歷了白天的事，對這個司業，校尉們有了新的認識，他的課，沒有人開小差，都是屏息著聽講。

沈傲繼續道：「校尉之仁，在乎於心，今日殺人，就是仁。今日殺了一個高俅，便是解救千萬良民，殺一人而救十人，這就是武備學堂的仁，以殺止殺，以血洗血，靖國安民，才是你們的仁，一家哭何如一路哭，殺一人而保全一家，殺一家而保全一路，這便是仁。願諸君牢記校尉之仁，克己復禮，除國賊，殺奸逆，靖國保民！」

沈傲的目光幽幽，慢吞吞地又道：「殺一個高俅只是開始……」

說罷，沈傲負著手，不再理會先是目瞪口呆，隨即轟然鼓掌的校尉，逕自走下校台。

韓世忠立即快步追來，情不自禁地道：「大人，你說得真好。」

沈傲吁了口氣，心裏有點兒發虛，這種類似於演講似的授課，他是第一次投入全部身心去參與，他的那一番道理，連自己都好像覺得很有道理了。

沈傲撇撇嘴，道：「堂堂狀元，汴京第一才子，若是連這個道理都說不清楚，還有什麼臉做人？去叫他們早些睡吧，明日還有事做。」

一夜過去，沈傲既沒有叫馬軍司將校去訓話，更沒有對馬軍司禁軍頒佈什麼命令，這樣的態度，更讓人不安；到了清晨拂曉，所有人才發現城門已經緊緊封閉，便是連斥候都不許出去了，各營被要求在原地待命，誰也不許出營一步，違令者，殺！

在縣衙門口，幾十顆人頭懸在屋簷下，就在不久前，那當朝太尉，馬軍司都指揮使何其風光，可是現在，只留下一顆塗了石灰的人頭，恐怖異常。

隨即，校尉們開始出動，他們先是在城南一處大營出現，門口的禁軍不敢阻攔，幾十個校尉由一名博士領隊，徑直就問：「哪個是都知陶鈞？」

看門的禁軍吶吶不敢言，看到這些人殺機騰騰，心裏便有了不祥的預感。

「你不說，看來是陶鈞的同黨了，來，帶回去拷問。」

「我說……」門丁嚇了一跳，立即道：「都知大人在大營裏，一直往裏頭，最大的營房就是。」

「走。」博士大手一揮，後頭的校尉便一個個挎著刀，呼啦啦地簇擁著衝入大營。

「陶鈞，你東窗事發了，來，拿下！」

大營裏，數十個人闖進來，陶鈞正惴惴不安地召集部下商議著什麼，見到這些凶神惡煞的人，嚇得一下子要癱下去。他的部下眼見這樣的場景，哪裡敢說什麼，立即側身避讓，一個個面如土色的大氣不敢出。

幾十個人將陶鈞拖出去，沿途上營裏的禁軍遠遠看到，都是噤若寒蟬，哪裡敢有什麼抗命之舉？

拖到縣衙一處的簽押房，臨時組成的軍法司們已經按捺不住了，先是一陣拷打，只問一句話：「殺班諷和你有沒有干係？」

陶鈞自是抵賴，被打得血肉模糊，才有博士揚出一份供狀，冷笑道：「還抵賴什麼？何苦要受這皮肉之苦，已經有人攀咬了你出來，你還不承認？這裏有的讓你開口的地方。」

接著又是拷打，這些校尉手裏難免有些不分輕重，一炷香時間，肋骨便斷了幾處，那陶鈞才大呼饒命，願意承認。

隨即就是簽字畫押，然後要他交代黨羽，參加的有哪個，一個都不許落下，拿了名單，隨即又是由博士們親自帶人去拿人。

薄城城中降下一層陰霾，長街上，那些曾經躊躇滿志的馬軍司將校、虞候，一個個如死狗一般地從營房裏拖出來，走進了那縣衙，幾乎再沒有人出來。

各處營房都是議論紛紛，由於很分散，所以一時也聽不到外頭的消息，那些參與了此事的人，都如熱鍋上的螞蟻，有心想要鬧一鬧，可是看到自個兒的那些親信都是一臉猶豫，心裏知道大勢已去。

一天的時間，城裏就抓了四十多個人去，這個時候也不管什麼冤枉，按照沈傲的說法，這些馬軍司的王八蛋抓一個殺一個，準沒有跑的。到了傍晚，有人送了勾決的名單過來，看到名單上密密麻麻的人，沈傲什麼也沒有說，只是提筆，在單子上一個個地打叉。

名單叫人送去軍法司，軍法司那邊也乾脆俐落，但凡認罪招供了的，直接拉出去，殺！

殺人殺到這個份上，也說不上什麼激動和噁心了，只有麻木，一個個人提出來，直接宣佈了罪狀，隨即手起刀落，在痛哭討饒聲中，長刀斬下，便是人頭落地，夜晚又變得清靜起來。

殺了頭還有功夫要忙，人頭撒上石灰，依舊掛起來，半個時辰過去，屋簷下又多了六十多個人頭。

一到入夜，就是宵禁，不止是針對平民百姓，馬軍司那邊也下了嚴令，敢上街露頭的，以謀反罪論處，滅族！

卻也有幾個不怕死的，一個將虞候心裏惴惴不安，心知早晚被人牽扯出來，便乾脆在夜裏尋了自己的親衛，煽動一番，便想著提刀殺出城去，乾脆去投了天一教，謀條生路。

這將虞候帶著一百多人從營房裏殺出來，大營外監視的校尉二話不說，也不去阻擋，立即騎上馬，飛快去稟告。

一百多個叛軍一路暢通無阻，眼看就要到了西門，在這夜深人靜的夜晚裏，四處的街巷卻是傳出一陣陣長靴踏步的聲音，一列列綽綽人影堵住了他們去路。他們很安靜，安靜得有點不像話，彷彿連呼吸都被夜色湮滅了，一雙雙眼睛看向迎面而來的叛軍，依然沉默。

將虞候眼見城門就要到了，已是抽出刀，高聲給部屬們打氣：「衝過去，衝過去之後就能活命！」

親衛部屬們一陣鼓噪，紛紛挺著長槍，爲自己鼓舞大氣，朝著那一列列沉寂的校尉，掩殺而去。

他們心裏只有一個念頭，衝過去……才能活命。

「放下武器，束手就擒者不問，心存僥倖者，死！」

有人爆發大吼，朝叛軍發出最後通牒。

這個時候，黑夜反而給予了叛軍膽量，再加上那將虞候的鼓噪：「弟兄們，逃出去，出去了就有生路。」叛軍一鼓作氣，勇氣戰勝了膽怯，一起呼喝：「殺！」

「準備！」教官的聲音開始傳出來，從容而鎮定，這些教官、教頭，都是屍山血海中爬出來的悍將，面對這樣的場面倒一點也不驚慌。

唰唰……一柄柄長刀齊聲拔出，在圓月下寒芒閃閃，刀尖向前，組成一條條筆直的刀陣。

「殺垮他們！」

如林的刀陣開始動了，靜若處子，動若脫兔，飛快的迎向叛軍。

時不時還有教頭、教官在喊：「注意保持陣型……」

「第一列……衝鋒……」

砰砰……街巷處，兩支隊伍撞在了一起，隨即揚起漫天的血霧，長刀如虹劃過，斬斷了那木質的槍身，密集如林的長刀開始刺入叛軍的身體。

「衝……」校尉挺刀繼續衝刺，竟是將叛軍衝了個支離破碎，叛軍的隊形過於零散，三三兩兩的殺到，哪裡是一列列隊形整齊的校尉對手，這麼一衝，幾乎就垮了。

這便是組織的力量，就好像一群扛著鋤頭的農夫在面對正規軍人時，永遠只有被屠宰的命運一樣。同樣的人，組織起來的士兵絕不是一群散兵游勇能夠抵擋的。

只一下功夫，將虞候已經身首異處，失了頭目，又被分割，所有叛軍都驚呆了，不少人轉身便逃，有的放下武器，高呼求饒。

長街的另一頭，又是一陣陣響動傳來，一列校尉堵住了逃生的去路，他們在教頭的命令之下拔出刀來，屹然不動。

一場極小規模的戰鬥短促的結束，與此同時，一支快騎飛馬到了縣衙，將進入夢中的沈傲叫醒，稟告了兵變的情況。

沈傲披衣趿鞋，有人兵變，倒是出乎他的意料之外，他切斷了各營之間的聯繫，再加上禁軍群龍無首，在這種情況之下，是不可能有人抵抗的。不過事情已經發生，好在參與的人數並不多，倒也好處置。

那來報信的校尉道：「大人，韓教官問，這些人該怎麼處置？」

「處置？」沈傲打了個哈哈：「殺無赦吧，他們做下的事，就要自己來承擔後果。」

校尉接了令，立即傳信去了。

（第一輯完，敬請密切期待《大畫情聖》全新第二輯！）

大畫情聖 十二 驚天弊案

作者：上山打老虎
發行人：陳曉林
出版所：風雲時代出版股份有限公司
地址：105台北市民生東路五段178號7樓之3
風雲書網：http://www.eastbooks.com.tw
官方部落格：http://eastbooks.pixnet.net/blog
Facebook：http://www.facebook.com/h7560949
信箱：h7560949@ms15.hinet.net
郵撥帳號：12043291
服務專線：(02)27560949
傳真專線：(02)27653799
執行主編：朱墨菲
美術編輯：許芷姍

法律顧問：永然法律事務所 李永然律師
北辰著作權事務所 蕭雄淋律師

版權授權：蔡雷平
初版日期：2014年4月
初版二刷：2014年4月20日
ISBN：978-986-5803-91-9

總 經 銷：成信文化事業股份有限公司
地　　址：新北市新店區中正路四維巷二弄2號4樓
電　　話：(02)2219-2080

行政院新聞局局版台業字第3595號 營利事業統一編號22759935

定價：280元　　特惠價：199元　

國家圖書館出版品預行編目資料

大畫情聖 ／ 上山打老虎 著. -- 初版. -- 臺北市：
風雲時代，2013.08 -- 冊；公分

ISBN 978-986-5803-91-9（第12冊；平裝）

857.7　　　　102015353